KB261584

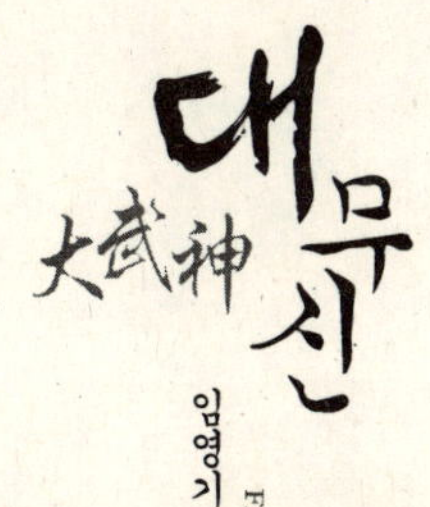

大武神

대무신

임영기 新무협 판타지 소설

FANTASTIC ORIENTAL HEROES

대무신 6

임영기 新무협 판타지 소설

초판 1쇄 찍은 날 § 2009년 6월 18일
초판 1쇄 펴낸 날 § 2009년 6월 27일

지은이 § 임영기
펴낸이 § 서경석

편집장 § 문혜영
편집 § 문정흠

펴낸곳 § 도서출판 청어람
등록번호 § 제1081-1-89호
등록일자 § 1999. 5. 31
어람번호 § 제2-1767호

주소 § 경기도 부천시 원미구 심곡2동 163-2 서경B/D 3F (우) 420-822
전화 § 032-656-4452 팩스 § 032-656-4453
http://www.chungeoram.com
E-mail § eoram99@chollian.net

© 임영기, 2008

ISBN 978-89-251-1846-8 04810
ISBN 978-89-251-1489-7 (세트)

大武神 대무신

백팔 살인공을 한몸에 지닌 그를
훗날 천하는 그렇게 불렀다.

FANTASTIC
ORIENTAL HEROES

6 복수행(復讐行)

임영기 新무협 판타지 소설

目次

第五十八章

잠룡(潛龍)

대무신 大武神

혼절했던 태무악은 어느 순간 번쩍 정신이 들었다.

하지만 눈을 뜨거나 몸을 움직이는 등 정신을 차린 기미를 겉으로 드러내지는 않았다.

방금 깨어났기 때문에 자신이 여태껏 혼절을 했던 것인지, 왜 혼절을 했는지를 깨닫기도 전에 그동안 몸에 배어 있던 본능이 먼저 반응을 한 것이다.

그다음 순간에 그는 자신이 혈신마에게 당했다는 사실을 기억해 냈다.

'도대체……'

그는 혼절하기 직전의 순간을 떠올리고는 어이없는 기분에 사로잡혔다.

그는 무형검으로 광속참을 전개하여 혈신마의 목을 찔렀다고 확신했는데, 도리어 그자가 뿜어낸 시커먼 주먹에 가슴을 적중당했으며 그로 인해서 혼절을 하고 만 것이다.

태무악은 자신이 알고 있는 모든 무공 상식을 동원해 봤으나 어떻게 된 일인지 도무지 그 당시의 수수께끼가 풀리지 않았다.

"인석아, 깨어났으면 눈 떠라."

그때 바로 지척에서 걸걸한 목소리가 들렸다. 두 번 생각하지 않아도 혈신마의 목소리라는 것을 알 수 있었다.

태무악이 이곳이 어디고 자신이 어떤 상황에 처해 있는지에 대해서 미처 생각하기도 전에 혈신마의 목소리가 들려온 것이다.

그러나 태무악은 조금도 놀라지 않았다. 이 정도에는 눈썹 하나 까딱할 그가 아니다.

대신 그는 혼절한 자신의 곁을 혈신마가 지키고 있었다는 사실을 깨달았다.

태무악은 서둘지 않았다. 여전히 꼼짝도 하지 않은 채 몸의 상태를 빠르게, 그러나 차근차근 점검하기 시작했다.

운기를 해보니 공력은 손상이 없었다. 다만 검은 주먹에 적중당한 가슴 부위가 뻐근했다. 그리고 자신이 반듯한 자세로 누워 있다는 사실을 깨달았다.

하지만 혈도가 제압되지는 않았다. 그런데 온몸이 무언가에 칭칭 묶여 있는 느낌이다. 구태여 몸을 움직이지 않아도 알 수 있었다.

태무악 정도의 고수를 줄 따위로 묶다니, 조금 어이가 없다는 생각이 들었다. 그는 슬쩍 힘을 주어 간단하게 줄을 끊으려고 했다.

“……!”

그런데 어찌 된 일인지 줄이 끊어지지 않았다. 그가 느끼기엔 쇠사슬 같은 것도 아닌 듯한데 끊어지지 않다니, 조금 이상한 생각이 들었다.

설혹 쇠사슬이라고 해도 그에게는 썩은 새끼줄이나 다를 바가 없다.

그런데 끊어지기는커녕 줄이 조금 전보다 그의 몸을 약간 더 옥죄어들었다.

이때까지만 해도 그는 자신의 몸을 묶고 있는 줄을 그리 높게 평가하지 않았다.

자신이 지니고 있는 수십 가지 수법을 동원하면 어렵지 않게 끊을 수 있으리라고 확신했기 때문이다.

또한 혈신마가 자신을 너무 과소평가했다는 사실에 어이없다는 생각마저 들었다.

일단 태무악은 음양극정화의 극양지기를 슬쩍 끌어올렸다. 줄이 어떤 재질이든 간에 태우거나 녹여 버릴 생각이다.

그 직후 조금 전에 혈신마의 목소리가 들려온 방향으로 급습을 가한다는 계획까지 세웠다.

스으으.

그의 양손이 붉게 변하면서 불그스름한 엷은 빛이 피어나기 시작했다.

우선 양손부터 자유롭게 할 생각이다. 온몸으로 극양지기를 뿜어낼 수도 있으나, 그럴 경우 줄이 끊어지면서 입고 있는 옷이 타버릴 것이기 때문에 곤란하다.

이백삼십 년 공력으로 발휘하는 극양지기라면 쇠사슬이라고 해도 녹여 버릴 정도다.

그러나 그의 양손은 자유를 되찾지 못했다. 극양지기로도 줄을 끊지 못한 것이다.

아니, 줄을 끊는 것은 고사하고 이번에도 줄이 조금 더 옥죄어졌다. 아마도 줄에 어떤 영향력이 가해지면 옥죄어지는 것 같았다.

태무악은 꼿꼿한 자세로 누운 상태에서 두 팔을 양 허벅지 바깥쪽에 붙인 차렷 자세를 취한 채 꼼짝도 하지 못하는 신세였다.

‘이런 말도 안 되는……’

불끈 짜증이 났다. 자신이 한낱 줄 따위에 몸이 칭칭 묶여서 옴짝달싹못하고 있다는 사실을 인정할 수가 없었다.

그래서 이번에는 음양극정화의 극음지기를 발휘해서 두 손으로 뽑어냈다.

스스스.

줄을 얼려서 끊을 생각이었지만 여전히 끊어지지 않고 또다시 줄이 온몸을 옥죄어들었다.

온몸의 살 속으로 깊이 파고든 줄 때문에 피가 통하지 않아서 몸이 저릿저릿했다.

그러나 어떻게든 줄을 끊어야 한다는 생각 때문에 그런 것은 중요하게 여겨지지 않았다.

태무악은 줄을 끊을 다른 수법을 궁리하는 동안에 문득 자신을 이 지경으로 만든 혈신마의 속셈이 궁금해졌다.

“클클클, 이 녀석아, 음양극정화가 대단한 수법이긴 하지만 천잠신삭(天蠶神索)에는 흠집조차 내지 못한다.”

그때 혈신마가 득의하게 웃었다. 그는 태무악이 전개한 음양극정화를 대번에 간파했다.

태무악은 자신의 온몸을 옥죄고 있는 줄이 ‘천잠신삭’ 이라는 사실을 알게 되었다. 그러나 한 번도 들어본 적이 없는 이름이다.

"내게 고분고분하겠다고 약속하면 천잠신삭을 풀어주마."

혈신마가 느긋하게 중얼거렸지만 태무악은 죽어도 그럴 마음이 없었다.

회명부의 위치를 찾아내는 일이 급하기는 하지만 혈신마에게 굴복하고 싶지는 않았다. 그것은 사내의 자존심이나 기개 같은 것이다.

오히려 무슨 수를 써서든 줄을 풀고 나서 혈신마를 죽여 버릴 것이라고 다짐했다.

이곳은 하나의 동굴이다. 입구는 좁고 무성한 넝쿨로 가려져 있으나 안쪽은 꽤 널찍했다.

타닥탁. 지글지글.

동굴 안 막다른 곳에 모닥불이 피워져 있으며 그 위로 가로지른 막대기에 꿰인 큼직한 고깃덩이가 익으며 기름을 뚝뚝 흘리면서 구워지고 있었다.

모닥불 앞에서 혈신마가 비스듬히 동굴 벽에 기대어 우적우적 고기를 뜯어먹고 있으며, 그의 발치께에 태무악이 천잠신삭에 묶인 채 누워 있었다.

혈신마는 자신에게 버릇없이 구는 태무악의 행동을 어떻게 해서든 고쳐 놓을 것이라고 작심했다.

또한 태무악이 무슨 수를 써서도 천잠신삭을 풀지 못할 것이고, 끝내는 고분고분해질 것이라 확신하고 있었다.

천잠신삭은 천하에 다시없을 기물(奇物)로써 절대로 끊어지지 않으며, 약간의 손을 써두면 몇 가지 놀라운 기능을 발휘하기도 한다.

예를 들면 태무악이 천잠신삭을 풀려고 한 번씩 수법을 사용할 때마다 조금씩 수축하여 옥죄는 것이 그렇다.

혈신마는 태무악에게 구명지은의 큰 은혜를 입었으며, 그를 찾아내서 은혜를 갚는 것을 남은 평생의 과업으로 삼을 정도였다.

하지만 은혜는 은혜고 못마땅한 것은 못마땅한 것이다. 그의 성격상 태무악처럼 천방지축 날뛰는 놈은 절대로 두고 보지 못한다.

그러므로 은혜를 갚을 땐 갚더라도 우선 버릇부터 고쳐 놓겠다는 심산인 것이다.

기다려도 태무악에게서 아무런 대답이 없자 혈신마는 다 먹은 고기 뼈를 모닥불에 던지고 그 자리에 길게 드러누우면서 늘어지게 하품을 했다.

"으하암~! 한숨 잘 테니 잘 생각해 보거라."

우둑.

그때 태무악에게서 어떤 소리가 들렸다. 혈신마는 고개를 약간 들어 쳐다보면서도 태무악이 천잠신삭을 끊을 것이라고는 추호도 생각하지 않았다.

순간 그의 눈이 가볍게 빛나며 얼굴에 적잖이 놀라는 기색
이 떠올랐다.

'천강신력!'

그러면서 그는 자신도 모르게 몸을 일으켜 앉았고, 한 번도
깜빡이지 않은 채 태무악을 주시하는 그의 눈에 오색영롱한
빛이 어른거렸다.

'설마……'

그는 마른침을 꿀꺽 삼켰다.

지금 태무악의 온몸에서는 눈부신 오색의 광채가 뿜어지고
있었다.

광채는 수천 가닥의 띠를 형성하고 있으며, 각 띠는 그보다
더 가느다란 다섯 색깔의 띠로 이루어져 있다.

지금 혈신마는 한꺼번에 두 가지 사실을 발견하게 되어 정
신을 잃을 정도로 놀랐다.

태무악의 온몸에서 수천 가닥의 찬란한 빛줄기가 뿜어지는
것은 분명히 혈신마가 알고 있는 어떤 희대의 절학과 너무도
흡사했다.

그런데 그 빛줄기를 이루고 있는 것이 오색이다. 그것은 또
다른 사실을 입증하고 있는 것이다.

'말도 안 된다. 이 녀석이 오행신체라니……'

그는 속으로는 부정을 하면서도 머리로는 태무악이 오행신

체라는 사실을 인정할 수밖에 없었다.

몸에서 오색 광채를 뿜어내고 있다면 오행신체가 아니고 대체 무엇이란 말인가.

혈신마는 위풍당당하고 거쿨진 외모와는 달리 강호의 식견이 꽤 풍부한 편이다.

그랬기에 아까 태무악과 싸우는 도중에 그가 전개했던 무형신룡검이나 조금 전의 음양극정화를 한눈에 알아본 것이다.

태무악이 절세무공인 무형신룡검에 이어서 천강신력까지 연마했다는 사실은 분명히 놀라운 일이다.

그렇지만 그가 전설의 오행신체였다는 사실에 비하면 아무것도 아니다.

그만큼 오행신체는 대딘한, 아니, 가공하다고밖에는 표현할 수 없는 기적 같은 일인 것이다.

후우우…….

그때 태무악의 온몸에서 뿜어진 오색의 천강신기, 즉 수천 가닥의 빛줄기가 그의 몸을 칭칭 묶은 천잠신삭을 감싸고 또 그 속으로 파고들었다.

그우우…….

원래 자주색인 천잠신삭이 빠르게 오색으로 물들면서 기이한 음향을 흘려냈다.

혈신마는 자신도 모르게 바짝 긴장한 표정으로 뚫어지게 쏘아보았다.

오행신체가 천강신력을 발휘하면 혹시 천잠신삭을 끊을지도 모른다는 불안한 생각이 약간 든 것이다.

드으으…….

천잠신삭이 팽팽해지면서 미약하게 들썩거렸고, 혈신마의 이마에 굵은 땀방울이 맺혔다.

그러나 그런 상태가 일각 정도 지속되더니 이윽고 오색의 천강신기가 점차 흐릿해지면서 한순간 씻은 듯이 사라져 버렸다.

그러면서 천잠신삭은 또다시 조금 더 태무악의 온몸을 옥죄어들었다.

혈신마는 속으로 나직한 안도의 한숨을 토해냈다.

그는 이십여 년 전에 우연한 기회에 북해(北海)의 신비지처인 만년빙연(萬年氷淵)에서만 서식하는 천 년 이상 묵은 천잠(天蠶)을 발견한 적이 있었다.

그는 그곳에서 삼 년 동안 기다리면서 천잠이 토해놓은 천잠사(天蠶絲)를 모아 밧줄을 만들었는데, 그것이 전설에서나 나오는 천잠신삭인 것이다.

고서에는 그 무엇으로도 천잠신삭을 자르거나 훼손할 수 없다고 기록되어 있다.

만약 천잠신삭을 풀어서 얇디얇은 옷을 만들어 입는다면 어떠한 전설의 신병이기(神兵異器)도 뚫거나 베지 못할뿐더러, 물이나 불조차 침범하지 못할 것이다.

그런 천잠신삭이지만 혈신마는 오행신체가 천강신력을 발휘하면 끊어질지도 모른다고 조금쯤 염려했던 것이다. 그만큼 그는 전설의 오행신체를 높게 평가했다.

하지만 결국 태무악은 천잠신삭을 끊지 못했다. 혈신마는 그 이유가 태무악이 아직 천강신력을 완성하지 못했으며, 오행신체를 제대로 발휘하지 못하기 때문이라고 추측했다.

오행신체의 특성은 헤아릴 수 없을 만큼 많으며 또한 가공한 데 비해 태무악이 그것들을 아직 자신의 것으로 만들지 못했을 것이라는 추측이다.

'이 녀석, 이제 보니 잠룡(潛龍)이었군.'

혈신마는 태무악이 천잠신삭을 끊지 못해서 쩔쩔매는 모습과 그가 오행신체라는 사실을 알게 된 것 때문에 너무 기분이 좋아서 흐뭇하게 미소 지으며 다시 몸을 눕혔다.

눈을 감은 그는 태무악이 절대 천잠신삭을 끊지 못할 것이라고 확신하면서 잠에 빠져들었다.

태무악은 기진맥진한 상태가 되었다.

천강신력을 일각 동안이나 발휘하느라 기력을 많이 허비한 데다가 잠시 쉰 후에 다시 연이어 다른 수법으로 다섯 차례나 더 시도했기 때문이다.

처음에는 이 정도 줄을 끊는 것쯤 별것 아니라고 우습게 봤던 생각이 이즈음에는 씻은 듯이 사라졌다.

그는 마치 수십 명의 일류고수와 생사결전을 벌이고 난 직후처럼 지친 상태가 돼버렸다.

다시 다른 방법을 시도하려면 운공조식을 하면서 한 시진 정도 휴식을 취해야만 할 것 같았다.

기껏 줄 하나 끊는 데 이 정도로 지쳤다는 사실 때문에 어이가 없었다.

그런데도 끝내 줄에서 벗어나지 못하는 신세다. 뻣뻣하게 누운 자세에서 손가락 하나 움직이지 않고서도 이만큼 지쳤다는 사실이 또한 기가 막혔다.

그렇지만 혈신마의 요구대로 그에게 고분고분할 생각은 눈곱만큼도 들지 않았다.

그래야 할 이유가 없다. 오히려 태무악은 이제부터는 남에게 은혜 따위를 베풀지 않을 것이라고 다짐을 했다.

은혜를 베푸느라 힘들고 이후에는 그것 때문에 귀찮아지는 일을 무엇 때문에 하겠는가.

그런데 이것은 귀찮음을 넘어서 그의 중요한 일정까지 큰 지장을 주고 있었다.

태무악은 두 차례 연이어 운공조식을 했다. 끊으려고 한 번 수법을 전개할 때마다 옥죄어든 천잠신삭은 현재 그의 뼈와 내장까지 압박을 하고 있는 상태라서 운공조식을 하는 데에도 애를 먹었다.

어쨌든 두 차례 운공조식 이후에 그는 곰곰이 궁리를 했다.

천잠신삭을 막무가내로 끊으려고 하면 안 된다는 것은 이미 충분히 체험했다. 이제는 머리를 써야만 한다.

'끊지 않고 벗어나는 방법은 없을까?'

문득 그런 생각을 해보았다. 그러나 그는 곧 회의에 빠졌다. 온몸을 조각낼 것처럼 살 속으로 깊이 파고든 천잠신삭을 끊지 않고서 어떻게 벗어난다는 말인가.

'몸이 작아지기 전에는 불가능한 일… 아!'

속으로 씁쓸하게 중얼거리던 그는 갑자기 나직한 탄성을 터뜨렸다.

그가 기억하고 있는 삼백육십구 종류의 무공 중에서 불현듯 한 가지가 떠올랐기 때문이다.

방금 그가 속으로 중얼거리던 말, 즉 '몸이 작아지는 무공'이 기적처럼 기억난 것이다.

축골연체술(縮骨軟體術)이라는 수법이다. 이름 그대로 뼈가 오그라들고 몸이 연체동물처럼 흐물흐물해진다는, 믿기 어려운 좌도비술(左道秘術)이다.

태무악은 필요하지 않을 것이라고 생각해서 축골연체술을

배우지 않았다.

그러나 크게 문제될 것은 없다. 그런 잡술 정도는 배우려고 마음만 먹으면 즉시 터득할 수 있을 것이라고 자신하기 때문이다.

“……!”

깊이 잠들었던 혈신마가 갑자기 번쩍 눈을 떴다. 순간 그는 칠흑 같은 어둠 속에서 자신을 향해 강력한 암경이 쇄도하는 것을 감지하고 움찔 놀랐다.

뭐가 어떻게 된 것인지 생각할 겨를조차 없고, 피하기에는 이미 늦었다.

이 위기를 모면하기 위해서는 무조건 반격을 하는 수밖에 없는 상황이다.

그는 거의 본능적으로 공력을 끌어올리는 것과 동시에 암경이 쇄도해 오는 방향을 향해 자신이 연마한 최고 절학인 무극파천황을 전개했다.

꽈르릉!

찰나, 좁은 동굴 안에서 천번지복의 엄청난 굉음이 터졌다.

“으헉!”

“크윽!”

동시에 두 마디 답답한 신음성이 들렸다.

우르릉!

그리고는 묵직한 굉음과 함께 동굴이 무너져 내렸다. 그대로 폭삭 주저앉는다는 표현이 걸맞을 듯한 상황이다.

얼마 전까지만 해도 동굴 입구가 있던 곳은 흔적도 없이 사라져 버렸다.

원래 동굴 입구는 깎아지른 듯한 암벽의 아래쪽에 위치해 있었는데, 집채만 한 바위들이 내려앉아 동굴을 붕괴시킨 것이었다.

그 안에 무엇이 있었든지 생명체는 절대로 살아남지 못할 듯했다.

동굴이 붕괴하고 반 시진이 지난 후,

와르르!

동굴 입구였던 곳을 가득 메우고 있던 커다란 바위들이 들썩거리다가 한옆으로 치워지면서 사람이 기어나왔다.

그는 얼굴과 온몸에 흙먼지와 돌가루를 뒤집어써서 누군지 구별할 수 없는 모습을 하고 있었다.

그는 힘겹게 몸을 일으켜 비틀거리면서 걸었다.

와르르!

그때 그의 뒤에서 또다시 바위 구르는 소리가 들리더니 또 한 사람이 바위틈을 비집고 나와 몸을 일으켰다. 그 역시 앞선 사람과 비슷한 몰골이다.

앞선 사람은 뒤에서 바위 소리가 나자 급히 뒤돌아보다가 눈을 반개하고 흰 이를 드러냈다. 흐릿한 웃음이고, 또한 안도의 표정이다.

스릉!

그런데 두 번째로 나온 사람이 갑자기 어깨에서 시커먼 검을 뽑더니 다짜고짜 앞선 사람을 공격해 갔다.

그렇지만 제대로 된 공격이 아니라 제 한 몸 주체하기도 어려운 듯 비틀거리면서 고꾸라질 듯이 앞으로 덮쳐 가며 검을 휘두르는 마구잡이 공격이다.

뒤돌아선 앞선 사람은 얼굴을 찌푸리며 소리쳤다.

"인석아! 이제 그만해라!"

목소리로 미루어 그는 혈신마였다. 그렇다면 검을 휘두르는 사람이 태무악일 것이다.

휘익! 휙!

그러나 태무악은 귀머거리인 양 혈신마 가까이 덮쳐들며 수중의 흑자검을 맹렬하게 휘둘렀다.

혈신마와 일장을 교환하다가 가볍지 않은 내상을 입은데다가 동굴이 무너지면서 바위 더미에 깔려 만신창이가 되어 몸도 제대로 가누지 못하는 상태지만, 지금 그가 전개하고 있는 사혼검법은 추호도 흐트러짐이 없다. 단지 공력이 거의 주입되지 않았을 뿐이다.

혈신마는 뒤뚱거리면서 태무악의 공격을 피했다. 두 사람이 똑같은 충격을 받은 상태지만 공력이나 무공이 고강한 혈신마의 상태가 더 나았다.

그렇기 때문에 혈신마가 맞받아 반격을 한다면 그리 어렵지 않게 태무악을 제압할 수 있을 터이다.

하지만 그는 그러지 않았다. 그의 목적이 태무악의 불손한 태도를 고쳐 주려는 단순한 것이기 때문에 사생결단을 내고 싶지 않은 것이다.

이미 여러 방법을 시도했지만 모두 실패했다. 천잠신삭으로 태무악을 꽁꽁 묶어서 거의 성공했다고 여겼는데, 성공하기는커녕 하마터면 두 사람 다 돌무덤 속에서 생매장을 당할 뻔했다.

그래서 혈신마는 이 정도면 충분하다고 생각한 것이다. 태무악이라는 놈은 죽으면 죽었지 절대 버릇을 고칠 수 없으며, 더 이상 손을 썼다가는 그를 죽게 만들 수도 있다는 불안이 엄습한 것이다.

거친 버르장머리야 좀 참으면 되지, 생명의 은인을 죽일 수는 없는 일이다.

'이 녀석 봐라?'

혈신마는 여전히 비틀거리면서도 추호의 흐트러짐없는 검

법을 구사하며 공격하고 있는 태무악의 눈을 보고 움찔 가볍
게 놀랐다.

태무악의 두 눈에서 시퍼런 살기가 줄줄이 뿜어지고 있었기
때문이다.

그 순간 혈신마는 태무악에 대해서 한 가지 사실을 더 깨달
았다.

자신이 그를 '생명의 은인' 으로 여기고 또 어떤 묘한 정거
움 같은 것을 느끼고 있는 것에 반해서, 태무악은 혈신마 자신
을 단지 귀찮은 존재나 괴롭히는 존재 정도로만 여기고 있다
는 사실이다.

혈신마는 뭔가 잘못되고 있음을 느꼈다.

태무악에게 은혜를 갚은 일을 평생의 과업으로 삼은 혈신마
는 그를 찾으려고 혈안이 되었었다.

그는 어느 날 우연히 천하에 떠돌아다니는 전신을 보고 태
무악이 신풍혈수라는 사실을 알게 되었다.

이후 천중신군이 대거 북경성에 운집하고 있다는 소문을 듣
고 태무악도 그곳에 있을지도 모른다고 짐작하여 북경성으로
왔다가 그가 단유랑 남매와 강탁 등을 이끌고 북경성을 빠져
나가는 광경을 운 좋게 목격하게 되었다.

혈신마는 뛸 듯이 기뻤으나 그 즉시 태무악 앞에 나타나진
않았다.

　태무악이 다른 사람들과 함께 있기 때문이었다. 그는 태무악하고 단둘이서만 만나고 싶었다.

　또한 다른 사람들에게 자신의 진면목을 보이는 것을 극히 싫어한다는 이유도 있었다.

　그리고 또 하나의 이유가 있다면, 혈신마는 태무악에 대해서 아무것도 모르는 상태기 때문에 그를 조금쯤 관찰할 필요가 있었다.

　그중에서도 가장 궁금한 것은, 천중신군이 어째서 대천색령까지 발동하면서까지 신풍혈수, 즉 태무악을 찾고 있느냐는 것이다.

　태무악이 북경성을 출발하여 이곳까지 오는 동안 혈신마는 언제나 삼십여 장 이내에 머물면서 태무악 일행을 관찰했으나 만족할 만한 대화를 엿듣지는 못했다.

　단지 태무악이 천존을 철천지원수처럼 증오한다는 사실 하나만 그들의 대화를 통해서 분명하게 알게 되었다.

　혈신마가 태무악 일행의 삼십여 장 근처에 은신해 있었지만 그들은 추호도 깨닫지 못했다.

　그들에게 감지당할 수준이라면 혈신마라는 별호를 버려야만 할 것이다.

　이후 태무악이 일행들과 헤어지고 혼자가 되자 비로소 혈신마는 그의 앞에 모습을 드러낸 것이다.

그런데 일이 이 지경이 돼버리고 말았다. 이것은 의도하지도, 예상하지도 못했던 일이다.

키우웅!

태무악의 흑자검에 힘이 실리기 시작했고, 더욱 날카롭고 위맹하게 혈신마의 전신 급소를 파고들었다.

지금 이 공격에 혈신마가 반격을 가한다면 필경 둘 중 한 명은 죽거나 중상을 입고 말 것이다.

"그만! 내가 무조건 졌다! 이제 그만하자!"

혈신마가 갑자기 큰 소리로 외치면서 동작을 뚝 멈추었다.

키이―

흑자검이 자신의 목을 향해서 비스듬히 베어오는 데에도 혈신마는 꼼짝도 하지 않았다.

또한 입을 굳게 다물었으며 부리부리한 눈을 깜빡이지도 않은 채 태무악을 뚫어지게 주시했다.

혈신마는 많은 사람들과 원한을 맺었지만, 평생토록 단 한 번도 누군가에게 은혜를 입은 적이 없었다.

그런데 딱 한 번, 삼 년 전에 태무악에게 은혜를 입었다. 그것도 생명의 은혜다.

혈신마는 우직하고 포악할지언정 비열하고 교활하지 않은 성격의 소유자다.

원한이 있으면 기필코 되돌려주고, 은혜를 입었으면 목숨을 바쳐서라도 갚는다는 것이 그의 삶의 방식이다.

지금 그는 최악의 경우, 태무악이 자신을 죽이면 목숨으로써 은혜를 갚겠다는 각오다.

흑자검은 추호의 흔들림도 없이 혈신마의 목을 향해 비스듬히 그어갔다.

뚝!

그리고는 혈신마의 목에서 두 치쯤 떨어진 곳에서 보이지 않는 무형의 벽에 부딪친 듯 뚝 멈추었다.

뭐라고 설명하기는 어렵지만, 태무악은 혈신마의 표정을 보고 그가 죽음을 각오했다고 판단했다.

태무악은 혈신마가 자신보다 한 수 위의 고수라는 사실을 알고 있다. 그런 그가 꼼짝도 하지 않고 묵묵히 목을 내놓겠다는 것이다.

거기에는 반드시 이유가 있을 것이다. 죽여 버리는 것은 간단한 일이지만, 그렇게 되면 그 이유를 영원히 알 수 없게 돼서 기분이 개운치 않을 터이다.

아니, 사실 이유 따위는 구태여 알고 싶지도 않다. 단지 죽여달라고 목을 내미는 상대에게서 더 이상 흥미를 느끼지 못할 뿐이다.

척!

태무악은 흑자검을 어깨에 꽂고는 걸음을 옮겨 혈신마를 그냥 스쳐 지나갔다.

혈신마의 송충이 같은 굵은 눈썹이 꿈틀 꺾였다. 무시를 당했다고 여긴 것이다.

죽이지 않은 것만으로도 다행인데 무시를 당했다고 불쾌하게 생각하다니, 과연 괴팍한 성격이다. 그러나 그는 그마저도 참기로 했다.

"얘기 좀 하자."

혈신마는 저만치 떨어진 어두운 숲 속으로 막 들어서고 있는 태무악을 향해 몸을 돌리면서 그의 등에 대고 억양의 높낮이 없이 중얼거렸다.

태무악은 듣지 못한 듯 숲으로 들어갔다.

그러나 혈신마는 따라가지 않았다. 마지막 남은 얄팍한 자존심 같은 것이었다. 그것마저도 무너지면 그는 껍데기만 남게 될 터이다.

"삼 년 전에 내 목숨을 구해주었으니 너에게 은혜를 갚으려고 한다."

태무악의 모습은 울창한 숲에 가려서 보이지 않고, 낙엽을 밟는 발자국 소리만 버적버적 들리는데, 그 위로 혈신마의 공허한 목소리가 퍼져 나갔다.

여전히 반응이 없다. 혈신마는 문득 불길함이 등줄기로 스멀스멀 기어오르는 것을 느꼈다.

이러다가 자칫하면 은혜를 갚지 못하게 되는 것이 아닌가 하는 불길함이었다.

'뭐, 저따위 놈이 다 있나?

그는 이날까지 오십팔·년을 살아오면서 태무악 같은 사람은 커녕 비슷한 사람조차 만난 적이 없었다. 아니, 들어본 적도 없었다.

"네가 원하는 것이라면 뭐든지 들어주마."

혈신마는 숲에 대고 약간 목소리를 높였다. 특유의 우렁우렁하고 걸걸한 목소리에 약간의 초조함이 섞인 목소리다.

발자국 소리가 멀어지고 있다. 그것은 태무악이 혈신마에게 눈곱만큼도 관심이 없다는 뜻이다.

평범한 사람이라면, 은인이 은혜를 갚는 것을 원하지 않으면 조금쯤 아쉬워하면서 그것으로 끝을 내기 마련이다.

그러나 혈신마는 평범한 사람이 아니다. 다름 아닌 천하의 혈신마인 것이다.

그 별호가 당금 무림을 쩌르르 떨어 울리는 데에는 그의 고절한 무공이 절반 몫을 했고, 나머지 절반은 괴팍하기 짝이 없는 성격이 해냈다.

'이런 빌어먹을, 대관절 나더러 어쩌라는 거야?

혈신마의 얼굴이 손으로 잔뜩 움켜쥔 만두처럼 보기 싫게 일그러졌다.

　다음 순간 그는 태무악이 사라진 방향으로 쏜살같이 달려가
며 외쳤다.
　"그냥 가지 말고 차라리 날 죽여라! 죽이지 않으려거든 은혜
를 갚게 해다오!"
　그 외침은 절규에 가까웠다.

第五十九章

형제(兄弟)

대무신
大武神

태무악은 캄캄한 숲 속을 이리저리 돌아다니면서 무엇인가
를 찾는 듯했다.

그런 태무악 뒤를 혈신마가 졸졸 따라다니면서 이리저리 말
을 붙여보는데, 태무악은 대꾸는커녕 눈길 한 번 주지 않고 제
할 일만 했다.

혈신마는 지금 본래 자신의 모습이 아니다. 비유를 하자면,
산책 나온 주인 뒤를 졸졸 따라다니는 강아지 같았다.

"무엇이든 말해봐라, 다 들어줄 테니까. 웅? 돈이냐? 여자
냐? 아니면 권력을 원하느냐?"

그래도 태무악은 어느 집 개가 짖느냐는 듯 신경도 쓰지 않고 앞으로 나가면서 주위를 두리번거렸다.

혈신마는 이미 알량한 자존심이나 명예 같은 것은 다 내던진 상태다.

태무악에게 은혜를 갚을 수만 있다면 무슨 짓이든 할 준비가 되어 있다.

그는 태무악이 무슨 수법으로 천잠신삭에서 풀려났는지 무척 궁금했으나 꾹 눌러 참았다. 지금은 그런 것이 중요한 때가 아니기 때문이다.

그때 문득 혈신마는 태무악이 무엇을 찾고 있는지 깨달았다.

"너 회명자를 찾고 있느냐?"

태무악은 대꾸하지 않고 여전히 두리번거렸다.

혈신마는 그가 회명자를 찾는 것이 분명하다고 판단했다. 혈신마가 태무악을 제압하기 전부터 회명자는 마혈이 찍혀 있는 상태였으니 어딘가에 쓰러져 있을 것이라고 생각하는 듯했다.

"회명자는 내가 죽였다."

그 말에 태무악이 비로소 걸음을 뚝 멈추고 혈신마를 돌아보았으나 여전히 말은 없다.

혈신마는 회명자가 없어야지만 자신의 존재 가치가 높아질 것이라고 생각해서 태무악이 천잠신삭에 묶여 혼절해 있는 동안에 회명자를 죽였다.

태무악은 깊고 암울하지만 날카로운 눈빛으로 혈신마를 쏘아보았다.

혈신마가 회명자를 죽였다고 하는 말이 이번이 두 번째이기 때문에 믿을 수 없다는 표정이다.

"내가 회명부의 위치를 알고 있기 때문에 필요하지 않아서 죽였다."

그러자 태무악은 혈신마를 날카롭게 쏘아보았다.

"무슨 속셈이냐?"

혈신마는 잠시 생각했다. 태무악에게 은혜를 갚는 일은 그리 급하지 않다.

급선무는 그의 경계심을 늦추는 일이고, 그와 친분을 쌓는 것이다. 그래야지만 자연스럽게 은혜도 갚을 수 있을 것이라는 생각이다.

"속셈 따윈 없다. 내가 언제라도 회명부로 안내할 테니 준비되면 말만 해라."

태무악은 혈신마가 천존하고 연관이 있을 것이라고는 생각하지 않았다.

삼 년 전에 그는 중상을 입은 상태에서 세 명의 회명자에게 협공을 당했다.

만약 그가 천존과 관계가 있거나 천중신군이라면 회명자의 공격을 받았을 리가 없다. 그러므로 그 점에 대해서는 조금도 의심하지 않았다.

다만 그가 어째서 회명부의 위치를 알고 있는 것인지가 궁금했다.

태무악이 혼자만의 힘으로 회명부의 위치를 알아내자면 내일 날이 밝을 때까지 기다려야만 한다. 그렇다고 해도 꼭 알아낸다는 보장은 없다.

또한 회명부를 쓸어버린 후에는 대승방과 귀촉루를 전멸시켜야 한다.

그리고 그것은 천존이 거느린 세력의 극히 일부에 지나지 않는다. 아직 갈 길이 너무나 멀다.

"은혜를 갚겠다고 했느냐?"

태무악이 '은혜' 라는 말을 하자 혈신마는 약간 긴장했다.

"그렇다."

"회명부의 위치를 가르쳐 주면 은혜를 갚은 것으로 알겠다."

"……."

혈신마는 잠시 동안 태무악의 말뜻을 제대로 알아듣지 못하고 멍하니 있다가 어이없다는 얼굴로 물었다.

"그거면 된다고?"

"그렇다."

혈신마의 얼굴이 붉어졌다. 단지 회명부의 위치를 가르쳐주는 것으로 은혜를 갚았다고 알겠다니, 혈신마가 생각하고 있던 은혜 갚음의 백분지 일, 아니, 만분지 일에도 미치지 못하는 수준이다.

목숨을 구함받은 은혜다. 태무악이 구해주지 않았으면 혈신마는 삼 년 전에 이미 죽었을 몸이다.

혈신마는 자기 목숨의 값어치가 고작 그것밖에 안 되나 하는 생각에 화가 나기보다는 쓸쓸함을 금치 못했다.

"너… 누구에게 목숨을 구함받은 일이 있었느냐?"

혈신마가 억울하다는 듯한 목소리로 중얼거렸다.

"없다."

"없으니까 그따위 헛소리를 지껄이는 것이겠지."

"무슨 말이냐?"

"네가 목숨을 잃을 수밖에 없는 몹시 위급한 상황에 처했을 때, 누군가 너를 구해주었다고 한 번 가정해 봐라."

혈신마는 자신의 말에 태무악이 팔짱을 끼면서 생각하는 듯한 표정을 짓는 것을 보며 의기소침했던 기분이 조금쯤 상쇄되는 것을 느꼈다.

"너는 목숨을 구해준 그 사람, 즉 생명의 은인에게 어떻게 보답하고 싶겠느냐?"

태무악은 길게 생각할 것도 없다는 듯 대답했다.

"내 목숨은 그의 것이니까 그가 원하는 것이라면 무엇이든 해줄 것이다."

혈신마는 자신이 원하는 대답, 즉 은원(恩怨)을 분명하게 가린다는 말을 듣고는 흡족하게 고개를 끄덕였다.

"그런데 생명의 은인이 너에게 무척 하찮은 일을 시키면서 그것으로 은혜 갚음을 대신하라고 한다면, 네 기분은 어떻겠느냐? 네 목숨의 값어치가 그처럼 하찮은 것이라는 생각이 들지 않겠느냐?"

"……."

태무악은 대답을 하지 못했다. 혈신마의 말이 무슨 뜻인지 알아들었기 때문이다.

혈신마는 크게 고개를 끄덕였다.

"바로 그렇다. 내 목숨은 너의 것이니까 네가 원하는 것이라면 무엇이든 다 하겠다는 각오다."

그는 슬쩍 미간을 좁혔다.

"그런데 회명부의 위치를 가르쳐 주는 것 따위로 은혜 갚음을 대신하라니, 그것은 거리 한복판에서 길을 가르쳐 주는 것이나 다름이 없는 일인데, 도대체 내 목숨이 그 정도로 가치가 없다는 것이냐?"

태무악은 자신이 혈신마의 목숨의 가치를 너무 형편없게 폄

하시켰다는 생각이 들었다.

"그렇다면 너는 어쩔 셈이냐?"

"아까 말했지 않느냐? 네가 원하는 것은 무엇이든 들어주겠
다고 말이다."

"무엇이든?"

"무엇이든."

혈신마는 고개를 끄덕이면서 이제야 엉킨 실타래가 제대로
풀리고 있다는 생각이 들었다.

문득 태무악은 혈신마에게서 시선을 거두어 어두운 숲을 쳐
다보았다.

딱히 무엇인가를 쳐다보는 것이 아니라 혈신마의 말을 듣고
잠시 어떤 생각이 떠오른 것이다.

그는 자신이 본의 아니게 구해주었던 사람들에 대해서 생각
해 보았다.

그는 노예로 팔려 끌려가던 수피를 구해주었다. 이후 그녀
는 태무악 곁에 머물면서 그가 원하는 것이라면 무엇이든, 설
사 목숨이라도 서슴없이 내놓을 것처럼 행동했다.

홍랑의 가족에게도 은혜를 베풀었다고 할 수 있다. 그들 가
족 역시 태무악의 일이라면 앞뒤 가리지 않고 나선다.

목숨을 구해주었던 단유랑과 그의 여동생, 그리고 강탁은
태무악을 주인처럼 받들고 있다.

　이제 돌이켜 생각해 보니까 그런 것들이 모두 은혜와 연관되어 있었다. 태무악 주변에는 그의 은혜를 받은 사람들이 대부분이다.

　'주령.'

　문득 태무악은 속으로 중얼거렸다. 그가 세상에 태어나서, 아니, 무간옥을 탈출한 직후에 최초로 구해주었던 사람이 주령이었다.

　그녀는 태무악의 기나긴, 그리고 처절했던 도주에 생사고락을 함께 나누었다.

　태무악에게 있어서 이 세상에서 가장 친밀한 사람을 꼽으라면 길게 생각할 것도 없이 주령 한 사람뿐이다. 그만큼 그녀는 그에게 크나큰 의미를 지니고 있다.

　처음에는 그가 주령의 목숨을 구했으나, 그 이후부터는 사실 그가 그녀에게 많은 도움을 받았다.

　세상 물정을 하나도 모르고 있던 그를 가르치고 깨우쳐 준 사람이 주령이었다.

　그리고 이제 와서 돌이켜 생각해 보니 그 길고도 처절했던 도주길에 주령이 없었다면 그는 더욱 비참했을 것이고, 또한 외로웠을 것이다.

　아니, 사람 사이의 정(情)이라는 것을 가르쳐 준 사람이 주령이었으므로 애초에 그녀를 만나지 않았더라면 외로움이라는 것조차도 몰랐을 터이다.

그녀는 짐승이나 다를 바 없었던 태무악을 비로소 인간으로 변화시킨 사람이었다.

그렇게 보면 태무악이 주령에게 은혜를 베푼 것이 아니라 그 반대인 것이다.

이렇듯 태무악은 주변의 사람들과 은혜와 은혜 갚음으로 맺어져 있었다. 그것을 그는 지금에서야 깨달았다.

그러나 은혜만 있는 것이 아니다. 천존에 대한 지독히도 깊은 원한이 있다.

태무악이 베푼 은혜라는 것들도 실상인즉, 천존에게서 벗어나고 또 복수를 하려는 과정에서 일어난 일들이다.

"산다는 것은 은혜와 원한이 서로 어우러진 것인가?"

문득 태무악이 암울하게 중얼거렸다.

혈신마는 약간 놀라는 표정을 지었다. 자신은 작은 불씨 하나를 건넸을 뿐인데 태무악은 그것으로 커다란 불길을 일으킨 것이다.

태무악은 혈신마가 요구하려던 것보다 훨씬 더 큰 깨우침을 얻은 듯했다.

이윽고 태무악은 혈신마에게 시선을 주며 입을 열었다.

"당신이 무엇을 할 수 있는지 말해보시오."

혈신마는 가볍게 표정이 변했다. 태무악은 여태까지 혈신마에게 아랫사람 대하는 듯한 하대에 노골적인 적의가 가득한 말투였는데 갑자기 '하오'로 변한 것이다. 그러나 건조하고 딱딱한 말투는 변함이 없었다.

혈신마는 이제야 일이 제대로 풀리기 시작하는 것을 느끼며 말했다.

"네가 무엇을 하려는 것인지를 먼저 말해야 하지 않겠느냐?"

태무악은 잠시 생각하는 듯하다가 대답했다.

"회명부를 쓸어버릴 생각이오."

"회명부 전체를 말이냐?"

혈신마는 의외라는 표정을 지었으나 놀라지는 않았다. 그는 북경성을 출발하여 이곳까지 오는 동안 줄곧 가까이에서 태무악을 지켜봤으나 그가 중요한 말을 할 때에는 호신막을 쳤기 때문에 회명부와 대승방, 귀촉루를 전멸시킬 계획이라는 사실은 알지 못했다.

"그렇소."

"음, 그다음에는?"

"대승방, 귀촉루를 차례로 전멸시킬 것이오."

혈신마는 이번에는 적잖이 놀라는 얼굴이 됐다.

"너, 설마 현무사자에게 원한이 있는 것이냐?"

현무사자의 지휘 아래에 있는 현무중장 중에서 가장 핵심적인 조직들을 전멸시키겠다는 말에 '현무사자에게 원한이 있는 것인가?' 라고 직감적으로 떠올린 혈신마의 두뇌 회전은 무시할 수 없는 수준이었다.

태무악이 가볍게 고개를 가로젓자 혈신마는 재차 물었다.

"그렇다면 천존이냐?"

"그렇소."

태무악은 자신이 단지 회명부와 대승방, 귀촉루를 전멸시키겠다고 한 말만으로 혈신마가 현무사자에 이어서 천존까지 들먹이는 것을 보고 그의 견식이 대단하다는 사실을 알게 되었다.

그래서 어쩌면 혈신마가 기대 이상의 도움을 줄지도 모른다는 생각이 들었다.

더불어서 그가 천존에 대해서 얼마나 알고 있을지에 대해서도 궁금해졌다.

"천존을 죽일 생각이냐?"

"그렇소."

느긋하던 혈신마의 표정이 이때부터 굳어지기 시작했다. 그 자신이 지금 이 순간부터 태무악하고 일심동체라고 생각하기 때문이었다.

그는 태무악을 똑바로 응시하며 요구했다.

"너에 대해서 알아야겠다. 내가 너에 대해서 아는 만큼 도울 수 있을 테니까 말이다."

태무악은 혈신마의 시선을 외면하지 않고 마주 쳐다보았다. 그가 지금 보고 있는 혈신마의 표정은 여태까지 봐왔던 것하고는 사뭇 다른 진지한 얼굴이었다.

"여긴 운침협(雲沈峽)이라고 한다."

혈신마가 삼백여 장 전면의 계곡 입구를 주시하면서 전음으로 설명해 주었다.

이곳까지 오는 동안 혈신마 혼자만 말을 했고, 물론 전음이었으며, 태무악은 묵묵히 따르면서 듣기만 했다.

운침협. 구름도 가라앉는다는 이름인데, 계곡 입구를 봐서는 조금도 그런 느낌이 들지 않았다. 그저 여느 계곡 입구와 별반 다를 것이 없어 보였다.

"저 안에 회명부가 있다."

숲 가장자리에 난립해 있는 크고 작은 바위들 중 하나의 큰 바위 뒤에 몸을 감추고 있는 두 사람은 운침협 입구에 시선을 고정시키고 있었다.

태무악은 회명부를 찾으려고 관제산을 헤매면서 이 근처까지 왔던 적이 있으나 지금 보고 있는 계곡 입구를 발견하지 못했다.

그도 그럴 것이, 그는 등 뒤에 펼쳐져 있는 숲의 끝에 병풍처럼 가로놓여 있는 절벽 너머까지만 왔었다.

눈앞에 펼쳐진, 좌우로 끝이 없을 듯하며 꼭대기가 보이지 않을 정도로 높은 절벽 너머에 울창한 숲과 그 끝에 회명부가 있으리라고는 추호도 예상하지 못했다.

그런데 혈신마는 마치 제집을 찾아가듯이 능숙하게 절벽을 넘어 이곳까지 안내를 한 것이다.

태무악은 혈신마가 어째서 회명부의 위치를 정확하게 알고 있는지 궁금하지 않았다.

중요한 것은 그가 회명부가 있는 장소를 안내했다는 사실이지, 그에게 어떤 사연이 있는지 따위가 아닌 것이다.

그렇기 때문에 혈신마가 자진해서 설명을 하겠다고 해도 듣고 싶지 않았다.

때는 갑시(甲時:새벽 5시) 무렵. 이곳까지 오는 동안 한 시진 반이 걸렸다.

늦가을이므로 한 시진 후면 동이 틀 것이다. 잠입을 하려면 지금 해야 한다고 태무악은 판단했다.

슥.

그가 몸을 일으키자 혈신마가 급히 그의 팔을 잡았다.

태무악은 날카로운 눈빛으로 혈신마를 돌아보면서 당장에라도 출수할 듯한 자세를 취했다.

누가 자신의 몸에 손을 대는 것을 극도로 싫어하는 태무악을, 아니, 무간자들의 습성을 혈신마가 어찌 알겠는가.

그렇든지 말든지 혈신마는 개의치 않고 빠른 어조로 전음을 보냈다.

"어떻게 할 생각이냐?"

"공격할 것이오."

"회명부에 대해서 얼마나 아느냐?"

"아무것도 모르오. 단지 회명자들이 무간옥을 거쳐 간 자들이라는 것밖에는."

"뭐라? 회명자들이 무간옥 출신이라는 것인가?"

혈신마가 끌어당기는 바람에 태무악은 다시 바위 뒤쪽으로 들어가 계속 전음으로 대화를 이어갔다.

"그렇소."

아까 혈신마가 '너에 대해서 알아야겠다' 라고 말한 후에 태무악은 잠시 생각하다가 자신의 과거에 대해서 간략하게 설명을 해주었다.

'너에 대해서 아는 만큼 도울 수 있다' 라는 말을 듣지 않았더라면 목에 칼이 들어와도 자신의 과거를 설명하지 않았을 태무악이다.

"그렇다면 회명자들은 너의 선배로군?"

혈신마의 그 말에 눈곱만큼이라도 이죽거림이 들어 있었다면 태무악은 당장 그를 공격했을 것이다.

혈신마는 정색을 하며 전음을 이었다.

"나는 회명부에 대해서 약간 알고 있다. 너는 그것을 듣고 싶지 않느냐? 그리고 그 후에는 계획을 짜야겠지."

사실 태무악은 혈신마가 회명부의 위치에 이어서 내부 사정까지 알고 있을 줄은 예상하지 못했다.

적을 알고 나서 공격하는 것과 적을 전혀 모르는 상태에서 공격하는 것의 결과가 어떻게 다르다는 것을 무간옥 탈출 이후에 몸소 생생하게 경험했던 태무악이다. 그러므로 혈신마의 설명을 듣지 않을 까닭이 없다.

공격 계획이라는 것은 적을 알고 있어야 짤 수 있다. 그러므로 회명부에 대해 듣고 나서는 어떤 계획이라도 세울 수 있을 터이다.

"원래 회명부는 늘 백여 명의 회명자로 운영되고 있다. 그 위로 총부주(總府主) 한 명과 세 명의 부주(府主)가 있지."

혈신마는 서둘지 않고 차근차근 회명부에 대해서 설명을 시작했다.

"회명부는 살(殺), 혈(血), 사(死). 삼부(三府)로 나누어져 있으며, 각 부에는 삼십 명씩의 회명차가 있다. 살부가 가장 고강하고, 그다음이 혈부, 사부 순서다. 그리고 열 명의 최고수들이 있는데, 회명특살대(劊命特殺隊)라 부르고 총부주 직속에 있다."

원래 과묵한 성격인 혈신마는 자신이 일 년 동안 할 말을 오늘 한꺼번에 쏟아내고 있는 중이다.

"삼 년 전에 나는 천존 휘하인 천중신군에게 쫓기는 신세였었다. 그러다가 우연히 마주친 살, 혈, 사, 각각 세 명씩 아홉 명의 회명자와 싸움이 붙어서 그중 여섯 명을 죽였고, 마지막에 살부의 살회명자 세 명에게 합공을 당해 중상을 입었었다. 우라질!"

설명을 하다가 삼 년 전 그 일이 생각나는지 혈신마는 얼굴을 일그러뜨렸다.

그는 그 당시에 자신이 구한 절세비급, 즉 무극파천황이 기록된 '파천록(破天錄)' 때문에 구대문파를 비롯한 정, 사, 마의 집중적인 추격을 받았다.

정파는 살인마인 혈신마가 파천록을 익힐 경우 무림에 피바람이 불어닥칠 것이라고 예견하여 파천록을 탈취한다는 명분이었다.

하지만 정말 그런 마음을 품고 있던 협의인은 소수에 불과했다. 말하자면 단유랑 남매 같은 사람들이다.

사파와 마도는 두말할 것도 없이, 혈신마에게서 파천록을 뺏어 자신이 천하 최강자가 되려는 욕심에서였다.

그 당시 죽어가던 혈신마가 태무악에게 주려고 했던 비단 주머니에는 예의 파천록이 들어 있었다.

그리고 그것을 완벽하게 연마한 사람은 천상천하최강고수(天上天下最强高手)가 될 것이라는 전설을 태무악이 알고 있었을 리가 없다.

알았다면 아마 파천록을 받았을 것이다. 천하 최강자가 되어 천존을 죽이기 위해서 말이다.

혈신마는 그 당시의 자신이 아홉 명의 회명자에게 추격을 당했다는 말만 할 뿐, 정사마의 수천 추격대에 쫓겼기 때문에 여기저기 다쳤고, 그래서 마지막에 세 명의 회명자에게 당했다는 말을 하지는 않았다. 구차한 변명 같은 것은 딱 질색인 성격이기 때문이다.

태무악은 혈신마가 회명자 여섯 명을 죽였다는 말에 약간쯤 세삼스리운 눈으로 그를 보았다.

그 당시의 태무악은 한 명의 회명자도 제대로 감당하지 못하는 수준이었다.

그런데 혈신마가 아홉 명의 회명자에게 추격을 당하는 과정에서 여섯 명씩이나 죽였다는 것은 그 당시의 그가 얼마나 고강했는지를 대변하는 것이 아닌가.

"지금이라고 해도 나는 한꺼번에 열다섯 명의 회명자 정도만 감당할 수 있을 것이다. 너는 어떠냐?"

무림에서 공포의 상징이라 불리는 회명자를 한꺼번에 열다섯 명이나 상대할 수 있다고 아무렇지도 않게 말하는 혈신마를 태무악은 방금 전보다 더 새삼스러운, 아니, 조금쯤은 놀라는 표정으로 쳐다보았다.

"너는 몇 명이나 감당할 것 같으냐?"

태무악이 알아듣지 못했다고 생각한 혈신마가 다시 한 번 묻고 나서는 곧 손을 내저었다.

"아니다. 내가 보기에 넌 회명자 네다섯 명 정도는 감당할 것처럼 보이더군."

태무악하고 싸워봤기 때문에 정확하게 그의 실력을 가늠해냈다.

"칠팔 명은 감당할 수 있을 것 같소."

태무악이 정정해 주자 혈신마는 표정도 변하지 않고 냉엄하게 말했다.

"감당한다는 것은 상대를 모두 죽인다는 뜻이다."

그 말에 태무악은 입을 다물었다.

"우리의 목적은 회명자를 죽이는 것이지, 그들과 무공 시합을 하러 온 것이 아니다."

"알겠소."

태무악이 선선히 고개를 끄덕이자 혈신마는 의외라는 생각이 들었다. 그러나 물론 표정에는 드러나지 않았다.

사람들이란 방금처럼 자존심이 크게 상처를 입으면 크게 반발을 하게 마련인데, 태무악은 즉시 수긍을 했다.

혈신마는 그것이 태무악이 무간옥이라는 특수한 환경에서 성장한 탓도 있지만, 그의 원래 성품이 직설적이며 또한 강직하기 때문일 것이라고 생각했다.

"보통 회명부에는 절반의 회명자가 남아 있다. 나머지 절반은 임무를 수행하러 무림에 나가 있지."

혈신마는 다시 설명을 시작하고 나서 태무악에게 물었다.

"회명부가 하는 일이 무엇인지 궁금하지 않느냐?"

"그런 것은 관심없소. 나는 단지 회명부를 쓸어버리기만 하면 되오."

"밥통!"

혈신마가 와락 인상을 찌푸렸다. 전음이지만 호통 소리가 태무악의 고막을 뒤흔들었다.

"적을 알지 않고 어떻게 적을 멸하겠다는 것이냐?"

태무악은 입을 굳게 다물고 혈신마를 쏘아보았다. 태무악이 혈신마를 받아들인 이후 지금까지 여러 차례 노골적인 무시를 당하면서도 꾹 참고 있는 이유는 그의 말이 옳다고 인정하기 때문이었다.

그로 미루어 혈신마가 지금 지적하는 것도 필경 옳을 것이다. 하지만 꾸짖음에 익숙하지 않은 태무악이라서 반발심이 일어나는 것까지는 어쩌지를 못했다.

"천존을 죽이는 일은 불가능한 일이다. 그것은 하늘의 태양

을 꺼뜨려서 세상을 어둡게 하고 장강을 거꾸로 흐르게 하는
것이나 다름이 없다."

태무악은 그렇게까지는 생각하지 않았으나 반박하지 않고
묵묵히 듣고만 있었다.

"나는 현실을 알고 있고 너는 이상을 좇고 있다. 내가 할 일
은 우선 너를 현실로 끌어내리는 것이다. 그다음에도 천존을
죽이고 싶다면 전적으로 돕겠다."

혈신마는 매우 엄숙한 표정을 지었다. 그가 지금부터 하게
될 말이 중요하다는 뜻이다.

"그전에 해야 할 일이 있다. 나는 너의 혈우(血友)가 되려고
한다. 그것을 네가 받아들여야 한다는 것이다. 그래야지만 서
로 간에 믿음이 생긴다."

태무악은 슬쩍 눈살을 찌푸렸다.

"피를 나는 친구라는 것이 어떻게 한순간에 몇 마디 말만으
로 될 수 있겠소?"

"될 수 있다. 그리고 돼야 한다."

혈신마의 말은 강한 설득력을 지니고 있었다.

"너와 내가 혈우가 되는 것이 불가능한 일이냐, 아니면 네가
천존을 죽이는 일이 더 불가능한 일이냐? 어차피 너는 상식하
고는 거리가 먼 목표를 잡고 있지 않느냐? 그리고 너 또한 상
식적인 사람은 아닐 터이다."

그렇다. 태무악 자체가 처음부터 지금까지 모조리 비상식적인 일투성이었다.

그에게 일어났던 수많은 일들과 지금 그가 목표로 삼고 있는 천존을 죽이는 일 등은 모두 비상식적인 것들이다.

"천하에서 일어나는 정말 중대한 사건들은 사실 죄다 비상식적인 것들이다. 비상식적인 일을 해결하는 데에는 역시 비상식적인 방법을 쓰는 수밖에 없다."

혈신마는 태무악의 눈을 똑바로 주시하며 단도직입적으로 물었다.

"말해봐라. 나와 혈우가 될 수 있겠느냐?"

태무악도 혈신마의 눈을 정면으로 응시했다. 혈우가 되면 태무악에게 동반자가 생긴다.

언제 끝날지, 성공할지 실패할지 모르는 불가능한 과업을 함께할 동반자인 것이다.

태무악은 혈신마가 왜 혈우가 되려는 것인지 안다. 그런 방식으로 은혜를 갚으려는 의도다.

그래서 태무악은 왠지 모를 훈훈함과 혈신마를 오해했던 것에 대해서, 그리고 태무악이 혈신마에게 해준 것에 비해서 지나치게 과중한 보답을 요구하는 것 같아서 미안한 마음이 들었다.

"이러지 않아도 되오. 당신 말처럼 천존을 죽이는 일은 불가능할지 모르오. 그러니까……."

"쓸데없는 소리는 집어치우고 나와 혈우가 될 수 있는지만 대답해라."

혈신마의 조용한 꾸짖음에서 태무악은 또다시 진심을 느꼈다.

"되겠소."

벙긋. 혈신마의 입술 끝이 보일 듯 말 듯 미소를 머금었다가 지워졌다.

"됐다. 지금부터 우리는 혈우, 즉 친구다."

그런데 태무악이 고개를 가로저었다.

"그것은 받아들일 수 없소."

"뭐시라?"

"당신은 나보다 세 배 이상 나이가 많소. 그런데 친구라니, 무리한 일이오."

'혈우'라는 핑계를 틈타서 태무악처럼 팔팔한 소년과 늙은 자신을 어떻게든 엮어보려고 하던 혈신마는 목에 핏대를 세우며 항변했다.

"인석아, 강호에서 나이는……."

"쓸데없는 소리는 집어치우고 당신은 나의 형이 될 것인지만 대답하시오."

태무악이 조금 전에 혈신마가 했던 말을 그대로 따라 했다.

“엉?”

혈신마는 한 대 얻어맞은 듯한 표정을 지었다. 태무악이 자신의 말을 따라 해서가 아니다. ‘형’이라는 말 때문이다.

사실 그는 평생 외톨이로 살았다. 부모가 누군지도 모르고, 형제나 일가친척 하나 없이 천하를 떠돌면서 닥치는 대로 살아왔다.

그러다 보니 성격이 점차 괴팍해졌고, 그로 인해서 그와 가까이하려는 사람도 없었다.

어떻게 보면 혈신마처럼 외로운 사람도 그리 흔하지 않을 것이다.

그래서 그는 ‘혈우’를 핑계 삼아서 은근슬쩍 태무악과 친구라도 되어보려고 했는데, 태무악이 난데없이 ‘형’으로 삼겠다니 충격을 받는 것도 무리가 아니다.

“너…….”

혈신마가 몽연한 표정으로 태무악을 가리키며 말을 잇지 못하자 그는 다시 딱 부러지게 선을 그었다.

“못하겠다면 혈우 얘기는 없던 것으로 합시다.”

그러자 혈신마의 얼굴이 묘하게 일그러졌다. 충격에 이은 감동이다.

두 사람은 줄곧 전음으로 대화하고 있기 때문에 누군가 그들을 봤다면 벙어리들이 손짓발짓해 가면서 의사소통을 한다고 오해했을 것이다.

혈신마는 돌아서 우뚝 서 있는 태무악의 뒷모습을 물끄러미 응시하다가 이윽고 갈라진 목소리로 입을 열었다.

"내 이름은 조철악(趙鐵岳)이다."

태무악이 천천히 돌아서서 묵묵히 혈신마 조철악을 응시했다. 두 사람의 시선이 허공에서 얽혔고, 뜨거운 그 무엇이 오고 갔다.

"나는 태무악이오."

태무악은 잠시 숨을 고르더니 정중하게 포권을 하며 말을 이었다.

"이제부터 철악 형님이라고 부르겠습니다."

조철악의 눈빛이 가벼이 흔들렸다.

피붙이는커녕 친구 하나 없이 오십팔 년을 살아온 그에게 드디어 아우가 생겼다. 그 감회가 어떨지는 그 자신만 알고 있을 뿐이다. 눈빛은 가볍게 흔들렸지만 심장은 마구 요동치고 피가 들끓었다.

태무악은 단지 그 말뿐이었으나 그의 달라진 말투와 정중한 행동에서 조철악은 그가 어떤 각오를 품고 있는지 엿볼 수 있었다.

第六十章

신삭(神索)

대무신
大武神

　　조철악은 원래 방랑벽이 있어서 일정한 거처 없이 부평초처럼 떠돌아다니기를 좋아하기 때문에 아무리 좋은 곳이라도 한 달 이상 머물지 않는다.

　　그는 괴팍한 성격 때문에 무림에 많은 원한을 쌓았으며, 그것 때문에 천존의 눈에 띄어 일찌감치 회명부에게 쫓기는 신세가 되었다.

　　이른바 무림의 해악인 혈신마를 죽여서 무림의 평화와 질서를 바로잡자는 천존의 뜻이다.

　　그러나 워낙 동가식서가숙하고 신출귀몰한 그인지라 좀처

럼 회명부의 수중에 걸려들지 않았으며, 간혹 걸려들더라도
회명자들을 죽이고는 바람처럼 사라져 버리기 일쑤였다.

그러자 천존은 그를 죽이기 위해서 영밀루와 추혈각(追血
閣), 척신대(刺神隊), 화라련, 건곤궁(乾坤宮) 고수들을 더 투입
했다.

회명부를 비롯한 그들 여섯 개 조직은 모두 무림십비에 속
한 비밀스런 방파들이다.

천존 휘하로부터 본격적인 추격을 당하게 된 조철악은 무림
에서 발을 붙일 만한 곳이 없게 됐다.

결국 그는 잠시 몸을 피하기 위해서 변방으로 향했으며, 남
쪽 십만대산(十萬大山)에서 우연히 전설의 무공 비급인 파천록
을 손에 넣게 되었다.

그 당시에 그냥 십만대산에 은거하면서 파천록을 연마했으
면 됐을 것을, 그는 기쁜 마음을 가눌 길이 없어서 그 길로 곧
장 중원으로 달려왔으며, 예전에 이따금씩 들르던 항주성의
기루에서 술에 만취하여 파천록에 대해서 자랑스럽게 떠벌리
는 실수를 저질렀다.

당연히 '혈신마가 전설의 파천록을 얻었다' 라는 소문이 언
비천리(言飛千里) 삽시간에 천하에 퍼졌다.

그때부터 조철악은 예전에 천중신군에게 추격을 당하던 시
절이 그리워질 정도로 천중신군과 무림 전체로부터 끈질긴 추

격을 당해야만 했다.

그 과정의 끝자락 죽음의 문턱에서 우연히 태무악을 만났고, 그에게 목숨을 구함받은 인연이 지금 형제의 인연으로 이어진 것이다.

천존에 대한 원한이라면 조철악도 태무악 못지않게 깊다.

하지만 천존을 상대로 복수를 한다거나 원한을 갚을 생각은 언감생심 꿈조차 꾸지 못했었다.

그의 말대로 천존을 죽이는 일은 하늘의 태양을 꺼뜨리고 장강을 거꾸로 흐르게 하는 것이나 다름이 없을 정도로 불가능한 일이기 때문이다.

그는 단지 자신을 가장 괴롭혔던 회명부 등 천존의 비밀 조식늘에게 복수해서 화풀이를 하려고 여기저기 수소문을 하고 알아봤을 뿐이었다.

태무악과 조철악 두 사람은 일단 회명부가 있는 운침협 입구에서 멀찍이 물러나와 밤이 되기를 기다렸다.

그러면서 조철악은 자신이 회명부에 대해서 알고 있는 내용을 하나도 빼놓지 않고 태무악에게 말해주었으며, 이후 어떻게 회명부를 공격, 전멸시킬 것인지에 대해서 집중적으로 상의했다. 아니, 거의 조철악 혼자만 말했다.

태무악은 어젯밤 자정이 넘은 시각에 객점 지붕을 부수고 뛰쳐나왔기 때문에 숲에서 하루를 보낼 준비를 아무것도 하지 않았다.

딱히 준비라고 할 것도 없지만, 요깃거리나 물은 매우 중요하다.

사람이 힘을 쓰는 것은 모두 먹는 것에서 비롯된다. 그러므로 먹지 못하면 제대로 힘을 발휘하지 못하는 것은 당연한 일이다.

제아무리 절정고수라고 해도 그 범주에서 벗어나지는 못하는 법이다.

그렇다고 다시 현까지 가서 먹을 것을 구해오자니 너무 멀어서 공격을 앞두고 기력을 허비할까 봐 염려되고, 숲에서 짐승이라도 잡자니 회명자들의 눈에 띌까 봐 그것도 여의치가 않았다.

그때 조철악이 장포를 벗더니 등에 메고 있던 납작한 발낭(鉢囊:작은 배낭)에서 주섬주섬 무엇인가를 꺼냈다.

그가 바닥에 늘어놓은 것은 뜻밖에도 꾸들꾸들하게 말린 육포 여러 개와 손톱 크기의 환약 같은 것 이십여 개였다.

환약처럼 생긴 것은 말린 곡식 가루를 강하게 압축시킨 것으로, 한 알이 밥 한 공기와 맞먹는 분량이었다.

그는 뜻밖이라는 표정을 짓고 있는 태무악 앞으로 육포와 곡식 가루 뭉친 것, 즉 곡환(穀丸)을 묵묵히 밀어주었다.

태무악은 잠시 그것을 굽어보다가 우선 곡환 하나를 입에
넣었다.

처음에 곡환은 차돌처럼 단단했으나 입안에 들어가서 침과
섞이자 즉시 스르르 녹았다.

태무악은 그것을 삼키고 나서 육포를 집어 들어 우물우물
씹기 시작했다.

조철악은 먹지 않고 태무악이 먹는 것을 잠시 지켜보더니
발낭을 뒤져 손바닥 크기의 납작한 호리병 하나를 꺼내 내밀
었다.

태무악이 뭐냐는 듯한 얼굴로 받지 않자 그는 데면데면한
얼굴로 불쑥 중얼거렸다.

"술 못 마시나?"

결의형제라는 것을 맺기는 했으나 그런 경험이 전혀 없는
조철악은 태무악에게 어떻게 대해야 하는지 몰라서 어색하기
만 했다.

태무악은 씹고 있던 육포를 삼키고 나서도 호리병을 받지
않은 채 이곳 조그만 동굴에 들어온 이후 처음으로 말문을 열
었다.

"보통 남자들끼리 의형제를 맺으면 그냥 말로만 하면 되는
것입니까, 아니면 달리 의식 같은 것이 있습니까?"

"원래는 의식이 있다. 보통은 술과 요리를 준비하여 차리고

그 앞에 형제가 나란히 절을 하면서 천지신명께 결의형제가 되었음을 알리고 나서 술을 한 잔씩 마시지."

조철악은 잠시 생각하다가 말을 이었다.

"다른 방법은… 서로 팔뚝을 살짝 그어 피를 내서 보이며 천지신명께 고하는 것도 있다."

그의 말투는 어눌했다. 원래는 딱딱한 말투인데 의제인 태무악에게 그렇게 말하기는 뭐해서 제딴에는 부드럽게 하는 말투였다.

"정해져 있는 방법은 없다는 것이군요?"

"그런 셈이지."

"그럼 이렇게 합시다."

"어떻게?"

결의형제의 의식을 치르지 않아서 찜찜했던 조철악은 귀를 바짝 세우고 들었다.

뽕!

태무악은 대답 대신 행동으로 보여주었다. 그는 일단 호리병의 마개를 열고 술을 한 모금 마셨다.

이어서 품에서 추혈표 하나를 꺼내 예리한 날을 자신의 왼팔 팔뚝 안쪽에 대고 살짝 긋자 피가 주르르 흘렀다.

그는 왼팔을 호리병 위로 향하게 했다.

뚝뚝뚝.

그의 팔뚝에서 나온 새빨간 피가 호리병 안으로 흘러들었다.

조철악은 뜻밖이라는 표정을 지었다가 곧 진지한 얼굴로 그 광경을 뚫어지게 주시했다.

잠시 후 태무악이 팔뚝을 지혈한 후, 호리병을 묵묵히 조철악에게 건네주었다.

조철악은 호리병을 받아 자신의 앞에 내려놓고 품에서 소도 하나를 꺼내 거침없이 자신의 팔뚝을 그어 피를 낸 후 태무악이 했던 대로 피가 호리병 안으로 흘러들게 하였다.

호리병 안에서 태무악의 피와 조철악의 피가 한데 섞였다.

부모가 서로 다른 두 사내가 피를 섞음으로써 한 핏줄의 형제가 된다는 의미다.

태무악은 한 번도 결의형제라는 것에 대해서 들은 적이 없었지만, 조금 전에 조철악의 설명을 듣고 나서 술에 두 사람의 피를 섞어 마시는 것이 더 좋겠다고 생각했다.

경험이 풍부한 조철악은 태무악이 생각해 낸 방법에 대해서도 알고 있다.

그러나 이것은 거친 사나이들의 세계인 무림에서도 그리 흔하지 않은 의식이다.

서로의 피를 술에 타서 마신다는 것의 의미는, 상대의 전생(前生)과 현생(現生), 후생(後生)까지, 즉 삼생(三生)에 걸쳐서 결의형제가 된다는 깊은 뜻이 담겨 있다.

말하자면 삼라만상의 시작부터 끝까지 형제가 되겠다는 의미인 것이다.

그것은 극소수의 혈기 넘치는 대장부들이 상대를 지극히 아끼고 위하는 마음에서 행하는 의식인데, 그것을 태무악이 생각해 낸 것이다.

그로 인해서 조철악의 마음은 크게 고무되어 이미 예전부터 태무악이 자신의 친동생이었던 것 같은 심정이 되었다.

슥.

태무악이 일어나서 조철악 옆에 나란히 앉아 그 앞에 육포와 곡환, 호리병을 늘어놓았다.

조철악은 힐끗 태무악을 쳐다보았다.

태무악은 가볍게 고개를 끄덕이며 자신은 준비가 다 됐음을 나타냈다.

조철악이 무릎을 꿇고 상체를 꼿꼿하게 세우자 태무악도 그대로 따라서 했다.

두 사람은 동굴의 막다른 벽을 향해 앉아 있었다. 하늘도 보이지 않는 좁은 공간이지만 두 사람에게는 이곳이 우주이고 천하에 다름 아니다.

이윽고 조철악이 나직하면서도 컬컬한 목소리를 흘려냈다.

"나 조철악은 태무악과 결의형제로서의 맹약을 맺어 지금

이 시간부터 한마음 한 몸이 될 것을 천지신명께 고하노니, 우리 두 사람이 비록 부모가 다르고 태어난 날도 다르지만 이후 같은 날 같은 시에 죽을 것을 또한 맹세하노라!"

그의 목소리는 나지막이 동굴을 울렸다. 처음에는 컬컬한 목소리였으나 점차 진중해지고, 스스로 감동하여 나중에는 은은하게 떨리는 목소리가 되었다.

이어서 그는 호리병을 들어 입에 대고 한 방울도 흘리지 않으면서 꿀꺽꿀꺽 마셨다.

동굴 내에 짙은 주향과 피 냄새가 묘하게 어우러져 퍼지며 이 의식을 찬미했다.

조철악은 숨도 쉬지 않고 절반을 마신 후 호리병을 태무악 앞에 내려놓았다.

태무악은 호리병을 묵묵히 굽어보았다. 어제까지만 해도 귀찮기 짝이 없는 존재였던 조철악하고 자신이 결의형제를 맺게 됐다는 사실이 아직까지도 제대로 실감이 나지 않았다.

그러나 태무악은 지금 장난으로 결의형제를 맺는 것이 아니다. 또한 조철악을 이용하기 위해서도 아니다. 그의 진심을 읽었으며, 한 꺼풀 안쪽에 감추어져 있던 그의 내면을 발견했기 때문이다.

어쩌면 태무악이 발견한 것은 조철악이 아물지 않는 상처처럼 늘 지니고 있는 짙은 외로움인지도 모른다.

그래서 언제나 고독한 태무악이 그것에 마음이 크게 움직였을 것이다.

조철악과 결의형제를 맺음으로써 이후 손해를 보거나 피해를 입게 되더라도 후회하지는 않을 것이라는 마음이다. 후회할 것 같으면 지금 당장 손을 털고 일어나 없었던 일로 치부하면 될 것이다.

침묵이 길어지자 조철악은 가만히 고개를 돌려 태무악을 쳐다보았다.

그러나 태무악의 표정이 결연한 것을 보고서야 굳었던 얼굴이 풀어졌다.

이윽고 태무악이 두 손을 뻗어 호리병을 조심스럽게 집어 들어 가슴 높이로 들어 올린 후 경건하고도 나직한 어조로 입을 열었다.

"나 태무악은 지금 이 순간부터 조철악을 나의 유일한 가족인 의형으로 맞이하여 생사를 함께할 것을 천지신명께 고합니다."

그 말에 조철악의 눈이 약간 커지고 뺨이 씰룩였다. '나의 유일한 가족'이라는 말이 그의 심장과 머리를 온통 쥐어짜듯 헤집어놓았다.

태무악이 호리병을 입에 대고 벌컥벌컥 마시는 것을 쳐다보는 조철악의 눈에 뿌연 물기가 서렸다.

'허허, 나는 정말 행복한 놈이다. 이처럼 멋진 아우를 얻게 되다니⋯ 무악을 위해서라면 목숨마저도 아깝지 않다.'

태무악이 한 방울도 남기지 않고 호리병을 깨끗이 비우고 내려놓자 조철악이 두툼하고 억센 두 손을 뻗어 태무악의 두 손을 덥석 움켜잡았다.

그리고는 아무 말도 하지 않았다. 두 사람은 그렇게 한참 동안 손을 맞잡고 있었다. 한마디 말도 오가지 않았으나 수천 개의 의미를 주고받았다.

동굴 밖에는 기다리고 있던 어둠이 깔리기 시작했다.

어젯밤에는 미인의 눈썹 같은 그믐달이 있었으나 오늘 밤에는 그마저도 사라져서 말 그대로 칠흑 같은 어둠이다.

두 개의 검은 인영이 빠른 속도로 숲에서 나와 운침협 입구를 향해 쏘아갔다.

두 인영의 속도는 준마가 전속력으로 달리는 것보다 대여섯 배는 더 빨랐다.

숲에서 나온 두 인영은 세 번 호흡을 하기도 전에 협곡 안으로 사라졌다.

앞선 인영은 뒤따르는 인영보다 머리 하나는 더 크고 덩치도 우람했는데, 협곡 안으로 들어서 오 장쯤 나아가다가 즉시 신형을 멈추었다.

뒤따르는 후리후리한 인영은 멈춰 선 앞선 인영 옆에 우뚝 멈추었다.

협곡 안은 바깥보다 더 캄캄해서 코끝조차 보이지 않았다.

그렇지만 두 사람에겐 주위가 대낮처럼 환하게 보였다.

후리후리한 체격의 태무악은 발아래를 굽어보았다. 그의 한 걸음 앞은 갑자기 바닥이 사라진 허공이었다. 즉, 낭떠러지인 것이다.

삼 갑자 내공을 지닌 그의 안력으로도 낭떠러지의 바닥이 보이지 않고 중간쯤이 시커멓게만 보였다. 그 정도로 깊다는 뜻이다.

그는 시선을 들어 맞은편을 쳐다보았다. 이십여 장 너머에 땅이 보였다.

그렇다. 운침협 입구에는 폭 이십여 장의 절곡이 위치해 있었던 것이다.

이런 상황을 모르고 무작정 달려들어 왔다가는 절곡으로 추락하기 십상이다.

그게 아니더라도 한 번에 이십여 장을 도약하여 절곡을 건너는 일은 불가능한 일이다.

더구나 양쪽은 깎아지른 듯한 절벽이며, 마땅히 붙잡거나 발을 디딜 만한 곳이 없어서 양쪽 절벽을 이용하여 절곡을 건너는 것 역시 불가능했다.

절곡을 넘어야지만 회명부로 갈 수 있으니 그야말로 자연적
으로 형성된 천험의 요새가 아닐 수 없었다.

조철악은 태무악이 주위를 충분히 관찰하도록 기다리고 있
다가 전음으로 물었다.

“무악아, 어떠냐?”

“한 번에 건너는 것은 무리입니다.”

태무악은 맞은편에 시선을 고정시킨 채 역시 전음으로 대답
했다.

“한 번에 얼마쯤 도약할 수 있느냐?”

“최대 칠팔 장입니다.”

조철악은 잠시 생각하다가 태무악의 왼 손목에 감겨져 있는
천잠신삭을 가리켰다.

“그것을 잠깐 빌려주겠느냐?”

태무악은 자신의 왼 손목을 굽어보다가 깜짝 놀라 급히 천
잠신삭을 풀어 조철악에게 내밀었다.

“죄송합니다, 형님. 이것을 제가 아직도 갖고 있었군요. 돌
려드리겠습니다.”

조철악은 천잠신삭을 받으면서 빙그레 미소 지었다.

“아니다. 이것은 처음부터 너를 만난 선물로 주려고 했으니
네 것이다. 잠깐 사용하고 돌려주마.”

평소에 미소 같은 것을 별로 지어보지 않은 그인지라 미소

라기보다는 얼굴을 일그러뜨리는 것에 가까운 모습이다.

태무악은 그의 말에 또다시 미안한 마음이 들었다. 처음부터 선의로써 대한 그를 자신은 귀찮게 여겨서 죽이려고까지 했던 것이다.

태무악이 조철악에게 내민 천잠신삭의 길이는 이 장 정도다.

조철악은 천잠신삭 한쪽 끝을 오른 손목에 감고는 왼손으로 태무악의 팔을 잡았다.

이어서 오른손에 내공을 주입하여 앞으로 쭉 뻗었다.

슈욱!

그러자 천잠신삭이 채찍처럼 뻗어나갔다.

그것을 보고 있던 태무악은 가볍게 놀라는 표정을 지었다. 원래 이 장 길이인 천잠신삭이 길게 쭉 늘어나고 있었기 때문이다.

팍!

그것뿐이 아니다. 천잠신삭은 무려 십팔구 장이나 늘어나 맞은편 벼랑 윗부분에 꽂혔다.

휘익!

다음 순간 조철악이 두 발로 힘껏 지면을 박차면서 전면을 향해 비스듬히 신형을 솟구쳤다.

그가 팔을 잡고 있기 때문에 태무악도 자연히 허공으로 떠올랐다. 아니, 끌려갔다.

중간쯤 이르렀을 때 갑자기 조철악이 태무악을 건너편으로 집어 던졌다.

척! 척!

태무악이 건너편 벼랑 위에 가볍게 착지한 직후에 조철악도 그 옆으로 사뿐히 내려섰다.

태무악은 조철악이 천잠신삭을 회수하여 자신에게 내밀자 손을 내저으며 전음으로 말했다.

"이것은 형님 것입니다. 받을 수 없습니다."

그러자 조철악 얼굴에 얼핏 서운한 기색이 떠올랐다.

"우린 결의형제가 되었는데도 너는 여전히 네 것 내 것을 따지는구나."

그의 전음에 태무악은 난감한 표정을 지었다. 조철악이 어떻게 해서든 천잠신삭을 자신에게 주려고 한다는 것을 느꼈기 때문이다.

이제껏 이런 식의 따뜻한 배려를 한 번도 받아보지 못했던 태무악의 가슴에 잔잔한 파문이 일었다.

천잠신삭은 두 사람이 결의형제가 된 이후 조철악이 처음 선물로 주는 것이다. 그러므로 받지 않으면 조철악은 크게 서운해할 것이다.

"고맙습니다, 형님."

결국 태무악은 두 손으로 천잠신삭을 받으면서 공손히 고개를 숙였다.

이때까지만 해도 그는 천잠신삭이 그토록 놀라운 여러 가지 효능을 지니고 있다는 사실을, 그리고 자신이 그 효능들을 셀 수도 없이 많이 써먹게 될 줄은 예상하지 못했다.

그제야 조철악 얼굴에 환한 미소가 피어났다. 원래 그는 다른 사람에게 무엇을 준다는 것을 모르고 살았다.

줘야 할 이유가 없고, 줄 만한 사람이 없었기 때문이다. 그런데 이제 그런 사람이 생겼다.

그 사람에게는 아무리 귀한 보물이라고 해도 아깝지 않았고, 주고 나면 이렇듯 가슴이 훈훈하다.

준다는 것이 이렇게 기분 좋은 일이라는 사실을 조철악은 생전 처음 깨달았다.

"가자."

조철악이 태무악의 어깨를 가볍게 두드리고 나서 전음을 보낸 후 계곡 안으로 쏜살같이 쏘아 들어갔다.

조철악은 회명부에 해코지를 하려는 생각으로 혼자서 여러 차례 이곳에 와서 면밀히 조사를 했다.

태무악은 조철악에게 이곳에 대해서 자세하게 설명을 들었기 때문에 마치 자신이 직접 와본 적이 있던 것처럼 익숙하게 움직였다.

절곡을 넘어 협곡 안으로 백여 장쯤 진입했는데도 건물 같은 것이 전혀 눈에 띄지 않았다.

만약 태무악 혼자였다면, 그래서 어렵게 회명부의 위치를 알아냈다고 해도, 막상 협곡 안에 들어와서는 아무것도 찾지 못해서 당황했을 것이다.

조철악과 태무악은 전면을 향해 일직선으로 쏘아가면서 청각을 돋우어 주위의 기척을 살폈지만 아무것도 감지되는 것이 없었다.

회명부는 천험의 요새 안에 웅크리고 있다는 자만심 탓에 방심하고 있는 것이 분명했다.

두 사람이 달리고 있는 협곡 안은 황량하다 못해서 삭막할 정도의 풍경이 펼쳐져 있었다.

크고 작은 삐죽삐죽한 바위들만 어지럽게 난립해 있고 바닥에 간간이 누런 풀이 보일 뿐, 그 흔한 나무 한 그루 보이지 않았다.

절곡을 건너 곧장 사백여 장쯤 진입하자 두 사람의 앞을 가로막는 거대한 절벽이 나타났다.

"올라가서 천잠신삭에 공력을 주입하여 아래로 뻗어라."

조철악이 전음과 함께 태무악의 팔을 잡더니 달리던 여세를 빌어 절벽 위로 힘껏 던져 올렸다.

천 근 무게의 바위를 백 장 밖으로 던질 수 있는 괴력을 지닌 조철악이 태무악을 절벽 위로 던져서 올려놓는 것은 어린 아이 장난 같은 일이다.

절벽은 생각보다 훨씬 높았다. 태무악이 백오십여 장이나 솟구쳤는데도 아직 꼭대기가 보이지 않았다.

그래서 그는 과연 천잠신삭으로 조철악을 끌어올릴 수 있을지 걱정이 앞섰다.

태무악은 그로부터 오십여 장이나 더 솟구친 후에야 꼭대기에 발을 디딜 수가 있었다.

내려서자마자 절벽 아래를 굽어보니 조철악이 손톱보다 작게 보였다.

이것은 절벽이 아니라 아예 하나의 작은 산이라고 해도 지나친 표현이 아닐 듯했다.

조철악이 팔을 뻗어 끌어당기는 시늉을 해 보였다. 조금 전에 시킨 대로 천잠신삭에 공력을 주입하여 아래를 향해 뻗으라는 뜻이다.

태무악은 설마 하는 마음이면서도 조철악이 시키는 대로 왼손목에 감고 있는 천잠신삭을 풀어 그 끝을 쥐고 오성의 공력을 주입시키면서 아래로 힘껏 떨쳐 냈다.

슈욱!

순간 천잠신삭이 빠르게, 그리고 길게 쭉 늘어나면서 아래를 향해 쏘아갔다.

그것을 보면서 태무악은 가볍게 놀랐다. 불과 이 장 길이의 천잠신삭이 삼십 장, 오십 장, 백 장… 끝없이 늘어나고 있었기 때문이다.

조금 전 절곡을 건널 때 천잠신삭이 이십여 장으로 늘어나는 것을 보고도 놀랐는데, 지금 이 광경을 보고 있자니 자신이 뭔가 착각을 하거나 헛것을 보고 있는 듯했다.

그가 놀라고 있는 사이에 왼팔에 묵직함이 전해졌다. 급히 시선을 모으니 천잠신삭 끝을 붙잡은 조철악이 허공으로 솟구쳐 오르는 모습이 보였다.

정신을 차린 태무악은 천잠신삭을 힘껏 잡아당겼다.

그때 조철악의 전음이 들렸다.

"천잠신삭에서 공력을 거둬."

태무악이 그대로 하자 천잠신삭이 급속도로 짧아지는가 싶더니 어느새 그 끝을 잡고 있는 조철악이 그의 옆에 사뿐히 내려섰다.

태무악은 놀란 얼굴로 이 장 길이의 천잠신삭을 바닥에 늘어뜨린 채 서 있었다.

조철악이 그의 손에서 천잠신삭을 건네받더니 슬쩍 공력을 주입했다.

스륵.

그러자 천잠신삭이 한 뼘 길이로 짧아졌다. 그렇다고 해서

뭉툭해지지도 않고 원래 굵기 그대로다. 그러고 보니까 늘어났을 때에도 가늘어지지 않았다.

조철악은 한 뼘 길이의 천잠신삭을 태무악 왼 손목에 한 바퀴 감아 양쪽 끝을 붙여놓았다.

태무악은 자신의 왼 손목을 들어 올려 살펴보다가 손가락으로 천잠신삭을 걸어서 지그시 당겨보았다.

그런데도 천잠신삭은 비단 풀어지지 않을뿐더러 늘어나지도 않았다.

이번에는 손가락에 약간 공력을 주입하여 잡아당겼으나 결과는 마찬가지다. 태무악은 그것을 보면서 신기하다는 표정을 지었다.

천잠신삭의 양쪽 끝을 묶은 것도 아니고, 단지 살짝 붙여놓은 것만으로 마치 아교로 붙인 것처럼 단단하게 결속되어 있는 것이다.

아니, 아교로 붙였다면 태무악이 손가락을 걸어 잡아당겼을 때 풀어지거나 끊어졌을 것이다. 이것은 아예 처음부터 하나의 고리[環]였던 것 같았다.

하나씩 드러나는 천잠신삭의 놀라운 효능 때문에 태무악은 신기한 표정을 감추지 못했다.

지금처럼 감정을 드러내는 것은 평소 그의 모습이 아니다. 아마도 듬직한 의형 조철악이 있기 때문에 의지가 되는 모양이다.

　그것을 아는지 조철악은 흐뭇한 미소를 지으며 태무악을 바라보았다.

　그러다가 자신의 그런 모습을 뒤늦게 발견하고는 움찔 놀랐으나 얼굴에서 미소를 지우지는 않았다.

　더구나 그는 시각이 촉박한데도 태무악이 천잠신삭을 살피며 신기해하는 모습을 보면서 재촉하지 않았다.

　회명부를 급습하는 것보다는 태무악의 그런 모습을 보는 것이 더 즐겁기 때문이다.

　더구나 이곳은 회명부의 앞뜰이나 다름이 없는 곳이다. 경계를 서는 자가 있거나 전각에서 내다보는 자라도 있으면 즉시 눈에 뜨일 것이다.

　하지만 조철악은 그런 것을 알고 있으면서도 태무악이 하는 대로 내버려 두었다.

　다섯 호흡쯤 지난 다음에야 태무악은 천잠신삭에서 시선을 거두고 정신을 수습했다.

　"이런… 죄송합니다, 형님."

　그는 지금처럼 급박한 때에 천잠신삭에 정신을 팔고 있었던 자신을 꾸짖으며 조철악에게 전음으로 사과했다.

　그러면서 그는 지금 자신이 평소 모습과 많이 다르다는 사실과 그것이 조철악과 결의형제를 맺은 이후부터라는 사실을 깨닫고 다시 한 번 자신을 질책했다.

"괜찮다."

반대로 조철악은 태무악이 자신을 의지하는 것이라고 여겨 흐뭇한 마음이다.

"저기다."

조철악이 돌아서면서 전음을 보내는 것과 거의 동시에 태무악도 돌아서다가 전면 오십여 장 거리에 있는 괴이한 형태의 전각군을 발견했다.

그 전각군은 멀리서 보면 마치 한 마리 거대한 거북이가 웅크리고 있는 듯한 형상을 하고 있었다.

그렇기 때문에 자세히 보지 않으면 전각들이 있다는 것을 알지 못할 수도 있다.

그 전각들은 모두 여섯 채인데 전부 일층이다. 아니, 보통의 전각 일층보다 훨씬 낮았다.

태무악이 서 있는 곳에서 보니까 얼마나 낮으면 바닥에 지붕이 얹혀 있는 것 같았다.

전각 다섯 채가 빙 둘러 오각형을 이루었고, 복판에 한 채의 전각이 있었다.

여섯 채의 전각은 서로 연결되었다. 그렇기 때문에 어떻게 보면 한 채의 전각이라고 할 수도 있다.

조철악에게 설명을 들었지만 직접 눈으로 보니까 말로 듣는 것보다 더 괴이한 형상이었다.

"내가 이곳에 네 차례 왔지만 회명자나 경계하는 놈은 한 명도 발견하지 못했다."

조철악의 전음을 들으면서 태무악은 과연 회명부가 이 정도 험지에 있으면 구태여 경계고수를 세워둘 필요가 없을 것이라는 생각이 들었다.

"가자."

조철악이 짧은 전음을 보내며 전각을 향해 쏘아가자 태무악도 즉시 뒤를 따랐다.

第六十一章
나녀(裸女)

대무신
大武神

이곳에 네 번이나 와본 조철악은 전혀 경계하지 않았지만 태무악은 그럴 수가 없어서 주위를 두리번거리면서 청력을 돋우었다. 하지만 여전히 아무것도 감지되지 않았다.

두 사람은 잠깐 사이에 회명부 전각 가장 가까운 곳의 벽 앞에 멈춰 섰다.

오십여 장 밖에서 본 것보다 가까이에서 보니까 전각은 훨씬 더 낮았다.

지붕이 우뚝 서 있는 조철악의 머리 위 한 뼘 높이밖에 되지 않았다.

이렇게 낮기 때문에 멀리에서는 절대로 눈에 띄지 않았던 것이다.

태무악은 빠르게 주위를 둘러보았다. 조철악의 말대로 이곳은 하나의 높은 산봉우리 꼭대기고 주위는 깎아지른 듯한 낭떠러지였다.

조철악이 허리를 굽히더니 벽에 귀를 갖다 대고 안쪽의 기척을 살폈다.

절정고수인 조철악의 수준이면 가만히 서서도 전각 안의 기척을 훤히 살필 수 있으나 만전을 기하기 위해서 벽에 귀를 댄 것이다.

이윽고 조철악은 고개를 끄덕이고 전각 벽의 한곳을 가리키면서 태무악을 쳐다보았다.

동굴에서 회명부 습격에 대한 계획을 짤 때 태무악이 벽을 뚫겠다고 했기 때문이다.

조철악은 태무악보다 고강하지만 전혀 소리를 내지 않고 전각의 벽을 뚫지 못한다. 능력 부족이 아니라 방법을 모르기 때문이다.

슉—

태무악은 조철악이 가리킨 벽 앞으로 바짝 다가가며 음양극정화를 운기하여 극양지기를 끌어올렸다.

후우……

그러자 그의 몸에서 은은한 붉은 기운이 전면을 향해 흐릿한 안개처럼 뿜어졌다. 음양극정화의 극양지기가 발출되는 것이다.

조철악도 극양지기를 발출할 수 있다. 하지만 음양극정화하고는 사뭇 다르다.

그래서 조철악이 극양지기로 벽을 뚫으면 벽 전체가 무너지거나 불이 나고 말 것이다.

스으으……

태무악이 앞으로 반걸음 걸어나가자 그의 앞쪽 벽이 타원형으로 둥글게 녹아내리기 시작하더니, 곧 뻥 뚫렸다.

한 사람이 통과할 수 있는 적당한 구멍이며, 물론 불도 나지 않았다.

태무악이 즉시 빨려들 듯 안으로 들어가자 조철악도 망설임 없이 뒤를 따랐다.

두 사람이 들어선 곳은 폭 일 장쯤 되는 복도의 중간쯤 되는 곳이었다.

복도라고 하기에는 폭이 너무 넓었다. 게다가 양쪽에는 방이나 창도 없었다. 그저 좌우로 길게 뻗은 통로였다.

일 장 간격마다 드문드문 벽에 유등이 걸려 있어서 어슴푸레하게 주위를 밝히고 있을 뿐이었다.

두 사람은 뚫고 들어온 벽 양쪽에 찰싹 달라붙어서 복도의 양쪽을 빠르게 살펴보았다.

복도 양쪽은 길이도 모양도 똑같기 때문에 어디로 가야 할지 알 수가 없었다.

조철악은 회명부를 밖에서만 둘러봤을 뿐이지, 안에 들어오기는 지금이 처음이다.

하지만 이대로 계속 있을 수는 없다. 왼쪽이든 오른쪽이든 움직여야만 한다.

그렇다고 한 사람씩 다른 방향으로 가는 것은 불행을 자초하는 방법이다.

이곳에는 최소한 사십오 명의 회명자가 운집해 있다. 더 많을 수는 있지만 그보다 적지는 않을 것이다.

그런데 각자 행동을 하다가 자신이 감당하지 못할 만큼의 회명자들의 합공을 당한다면 낭패를 당하게 된다. 이곳에서의 낭패는 곧 죽음으로 직결될 것이다.

그러므로 이 안에서는 무슨 일이 있어도 두 사람이 함께 행동을 해야만 한다.

"가자."

그런 사실을 예상하고 있는 조철악은 즉시 결정을 내리고 오른쪽으로 쏘아가며 전음을 보냈다.

"기다리십시오."

그런데 태무악이 그 자리에서 움직이지 않으며 급히 전음으로 조철악을 붙잡았다.

조철악은 태무악이 무엇인가 시도하려는 것을 눈치채고 다시 벽에 붙어 그에게 다가왔다.

태무악은 공력을 극도로 끌어올려 초라기경술을 전개했다. 이 수법을 발휘하면 자신이 정한 범위 이내에서 벌어지는 어떠한 기척이라도 감지해 낼 수 있다.

원래 그가 펼칠 수 있는 최대 범위는 삼백 장이었으나 공력이 증진된 지금은 오백 장까지 감당할 수 있다.

세 호흡쯤 지났을 때, 태무악의 얼굴이 가볍게 변했다.

조철악은 그의 얼굴을 주시하고 있다가 그가 무엇인가 알아냈다고 판단했다.

이윽고 태부악은 초라기경술을 계속 전개하는 상태에서 빠른 어조로 전음을 보냈다.

"이 전각 안에는 놈들이 한 명도 없습니다."

"회명자가 한 명도 없다는 것인가? 회명부에?"

조철악은 어이없다는 표정을 지었다.

태무악은 바닥을 가리켰다.

"이 아래에 있습니다. 오백 장 이내에서 이십칠 명의 기척이 감지됐습니다."

"아래라고?"

조철악은 조금 더 어이없다는 표정을 짓더니 곧 알 것 같다는 듯 고개를 끄덕였다.

"이놈들, 위의 거북이 등짝 같은 전각은 단지 통로나 출입구일 뿐이고, 두더지처럼 땅속에서 생활하고 있었군."

그러고 나서 그는 태무악에게 아래쪽 어디어디에서 회명자들의 기척을 감지했는지 자세히 듣더니 곧 왼쪽으로 미끄러지듯 쏘아갔다.

복도는 오른쪽으로 완만하게 곡선을 그리며 뻗어 있었고, 여전히 방이나 창은 보이지 않았다.

"여깁니다."

태무악이 복도의 우측 벽 아래의 바닥을 가리키며 멈추면서 전음을 보냈다.

그곳 바닥은 다른 곳이나 별다르게 보이지 않았다. 그런데도 태무악은 그곳이 통로라고 가리켰다.

지금 그의 귀에는 바닥 아래에 있는 회명자들의 기척이 계속 감지되고 있다.

그런데 다른 바닥보다도 지금 그가 가리키고 있는 바닥에서 유달리 소리가 크게 들리고 있다. 그러므로 이곳이 통로라고 판단한 것이다.

조철악이 가볍게 고개를 끄덕이자 태무악은 즉시 음양극정화의 극양지기를 일으키면서 통로라고 짐작되는 바닥 위로 걸어가서 멈춰 섰다.

스으…….

바닥이 녹으면서 구멍이 뻥 뚫리고 태무악은 아래로 쑥 꺼져 사라졌다.

물체가 극양지기에 의해서 녹으면 액체나 찌꺼기가 남는 법인데 음양극정화는 그렇지 않았다. 녹이면서 액체로 화한 것을 증발시켜 버리기 때문이다.

두 사람이 내려간 곳은 계단이었다. 초라기경술을 계속 전개하고 있는 태무악이 앞서고 조철악이 뒤따랐다.

조철악은 자신이 태무악보다 훨씬 고강하지만 이곳에 혼자 들어왔더라면 회명자들을 죽이기는커녕 난감한 상황에 처했을 것이라는 생각이 들었다.

계단을 다 내려가자 또다시 복도가 나타났다. 하지만 그곳은 위쪽의 복도와는 달리 폭이 반 장 정도에 복도 양쪽으로 드문드문 방문이 보였다.

태무악은 가장 가까운 곳의 방문을 가리키며 손가락 하나를 세워 보였고, 그보다 조금 먼 옆방을 연이어 가리키며 역시 손가락 하나를 세웠다. 그 두 개의 방에 회명자가 각각 한 명씩 있다는 뜻이다.

회명자들이 있는 소굴로 들어온 이상 조철악은 더 이상 태무악의 초라기경술 신세를 지지 않아도 됐다.

"나도 감지했다."

그는 회명자 한 명이 있는 곳으로 짐작되는 방을 향해 빠르게 다가가면서 전음으로 말하며 태무악에게 회명자 한 명이 있는 다른 방을 가리켰다. 그 방을 맡으라는 뜻이다.

척!

조철악은 거침없이 방문을 열고 안으로 들어갔다. 그와 동시에 호신막을 일으켜 실내 전체를 덮어버렸다.

그렇게 하면 실내에서 나는 음향이 추호도 밖으로 새나가지 않을 것이다.

그가 들어간 방은 매우 넓었으며 복판에는 탁자와 의자 따위가 있고 한쪽 벽에는 생활에 필요한 여러 가구들이 배치되었으며, 다른 한쪽은 석대가 놓여 있고 벽에 무기들이 걸려 있는데다 공간이 넓은 것으로 미루어 무공 연마를 하는 공간 같았다.

그리고 다른 한쪽에 침상이 놓여 있는데, 그곳에 한 명의 회명자가 잠들어 있었다.

바깥세상의 잘사는 집안 풍경과 별반 다를 것이 없는 광경이었다.

생활을 하거나 무공 연마에 불편함이 없도록 실내에 모든 것이 갖추어져 있는 것으로 미루어 이곳은 회명자의 숙소인 듯했다.

조철악이 호신막을 펼치면서 실내로 들어섰기 때문에 침상의 회명자는 그의 기척을 추호도 느끼지 못한 채 반듯한 자세로 깊이 잠들어 있었다.

조철악은 침상으로 천천히 다가가며 이놈을 어떻게 죽일까 궁리를 했다.

과거에 회명자들에게 당했던 것을 생각하면 곱게 죽이는 것은 성에 차지 않는다.

그는 침상 옆에 서서 물끄러미 굽어보다가 소리가 새나가지 않도록 호신막으로 회명자까지 덮고 나서 갑자기 회명자의 뺨을 호되게 후려갈겼다.

철썩!

일단 깨운 다음에 죽이려는 의도다.

"헛!"

순간 회명자가 놀라서 펄쩍 튕겨 오르듯 눈을 떴다. 아니, 그 순간 이미 한 자루의 검이 조철악을 향해 번개같이 찔러오고 있었다.

쉬익!

회명자들은 이불 속이나 베개 밑에 무기를 품고 잠드는 것이 습관이다.

그렇더라도 사람이란 잠에서 깬 직후에는 한동안 정신을 차리지 못하는 법이다.

더구나 지금처럼 뺨을 얻어맞은 경우에는 더욱 정신이 얼떨

떨할 텐데, 잠에서 깨자마자 공격을 가하는 것은 과연 놀라운
일이다.

그것만 봐도 회명자들의 정신 무장이 얼마나 철저하게 되어
있으며 반사 능력이 완벽하게 벼려져 있다는 사실을 짐작할
수 있다.

조철악은 회명자가 급습을 해올 줄은 예상하지 못했다. 하
지만 그렇다고 해서 달라질 것은 없다. 상대는 혈신마 조철악
이 아닌가.

더구나 회명자를 죽이기 위해서 만반의 준비를 갖추고 있는
상태였다.

회명자의 검이 조철악의 몸에 닿기도 전에 그의 주먹이 회
명자의 얼굴을 철퇴처럼 내리찍었다.

콰직!

회명자는 상체를 일으키던 중에 얼굴이, 아니, 머리 전체가
박살이 나서 다시 침상에 누웠다. 그러나 방금 전과는 달리 머
리가 없는 모습이다.

조철악은 호신막을 거두면서 방문을 열고 복도로 나섰다.

그 순간 그는 움찔하며 한쪽 방향을 향해 강맹한 일장을 발
출했다.

휘잉!

태무악이 들어간 방 쪽에서 한 명의 회명자가 이쪽으로 걸

어오는 것을 발견했기 때문이다.

"형님! 접니다! 초식을 거두세요!"

순간 태무악의 전음이 급하게 전해졌다.

조철악은 뭔가 잘못됐음을 느끼고 즉시 장력을 회수했다.

"무악, 너냐?"

조철악이 의아한 얼굴로 묻고 있는데, 그의 앞까지 다가와서 멈춘 회명자의 얼굴이 갑자기 잔물결처럼 일그러지면서 변하기 시작했다.

스스으으……

조철악이 가볍게 움찔 놀라 반사적으로 공격을 하려는 자세를 취하자, 회명자의 얼굴은 온데간데없고 대신 담담한 표정의 태무악이 나타났다.

조철악은 멍한 표정으로 태무악을 쳐다보더니 잠시 후 놀라면서 전음으로 물었다.

"설마… 변체환용비술이냐?"

"그렇습니다."

"이런… 너는 정말 못하는 것이 없구나."

조철악의 칭찬에 태무악을 살짝 얼굴을 붉혔다.

조철악이 보기에 태무악은 정말 다재다능했다. 십팔 세 어린 나이에 이 정도 무공을 지녔으며, 훤칠한 키와 체구에 누구에게도 뒤지지 않을 준수한 용모의 소유자다.

그뿐인가? 현세에 단 한 번도 나타난 적이 없다는 전설의 오행신체이다. 그 말은 그의 능력이 무한대라는 뜻이다.

조철악은 지금 자신들이 회명부를 전멸시키기 위해서 적진 한복판에 들어와 있다는 사실조차 잠시 잊은 듯 한 걸음 뒤로 물러나 턱을 쓰다듬으면서 감상하듯 태무악을 바라보며 흐뭇한 미소를 지었다.

그의 표정은 '저 잘난 녀석이 바로 내 아우다' 라 말하고 있었다.

태무악은 머쓱한 얼굴로 묵묵히 서 있었다.

문득 조철악은 이처럼 멋진 태무악이 세 살 때 무간옥으로 끌려가서 짐승처럼 사육을 당했으며, 부모와 식솔들이 처참한 죽임을 당했다는 사실을 떠올리고는 가슴이 찢어지는 듯이 아팠다.

"찢어 죽일 놈!"

조철악이 자신을 보면서 불쑥 전음으로 욕설을 내뱉자 태무악은 어리둥절한 표정을 지었다.

"천존이란 놈보고 한 소리다."

씹어뱉듯이 전음을 보낸 조철악은 태무악이 들어갔던 방을 턱으로 가리키며 물었다.

"죽였느냐?"

태무악이 고개를 끄덕이자 조철악은 돌처럼 딱딱하게 굳은

얼굴로 진지하게 말했다.

"무악아, 골치 아프게 계획이고 뭐고 다 때려치우고, 우리 그냥 놈들을 닥치는 대로 쳐 죽이자."

"그러죠."

태무악은 선선히 동의하면서 변체환용비술을 전개하여 조금 전의 회명자 모습으로 돌아갔다.

두 사람은 원래 가던 방향으로 나란히 쏜살같이 쏘아갔다.

하나의 방문이 나타나자 조철악이 조심스럽게 열고 안으로 쇄도했다.

닥치는 대로 죽인다고 해서 일부러 소란을 피울 것까지는 없는 일이다.

그가 들어간 방은 조금 전의 방과 같은 구조였는데, 회명자는 보이지 않았다.

조철악은 방에서 나오고 있을 때, 태무악은 삼 장쯤 앞서 맞은편의 어느 방문을 소리없이 열면서 안으로 스며들고 있는 중이다.

그러나 그는 들어가자마자 밖으로 나오다가 쏘아오고 있는 조철악을 보면서 고개를 가로저었다. 안에 아무도 없다는 뜻이다. 조철악 역시 고개를 저었다.

두 사람은 다시 나란히 복도를 달리면서 방문이 나타날 때마다 열고 들어갔으나 번번이 허탕을 쳤다.

복도 양쪽에 늘어선 방들이 숙소인 듯한데 정작 회명자들이 보이지 않으니 이상한 일이다.

그때 전면의 복도가 갑자기 좁아졌다. 태무악은 자신들이 진입한 전각의 지하가 끝나고 옆 전각 지하로 이어지는 통로라고 생각했다.

처음에 죽인 두 명의 회명자가 있는 방은 닫아놨으니 누가 일부러 열어보기 전에는 발각되지 않을 것이다.

두 사람은 거침없이 통로로 진입하여 쏘아갔다. 그러나 그들은 십여 장 길이의 통로 중간에 동시에 멈추었다.

그곳에 우측으로 갈라지는 통로가 나타난 것이다.

두 사람은 그곳이 오각형으로 둘러선 다섯 전각 한복판에 있던 전각의 지하로 가는 통로라고 직감했다.

누가 먼저랄 것도 없이 두 사람은 그 통로로 꺾어져 바람처럼 내달렸다.

그런데 십여 장쯤 달렸을 때 통로가 갑자기 아래로 뻗은 가파른 계단으로 변했다.

"여기 계십시오."

태무악은 짧게 전음을 보내자마자 조철악의 대답도 듣지 않고 계단 아래로 쏘아 내려갔다.

내려가면서 그는 무영투공을 전개했다. 계단 아래에 이르렀을 때 그의 모습은 보이지 않았다.

조철악은 재주가 많은 태무악이라서 별로 걱정하지 않고 느긋하게 기다렸다.

열 호흡쯤 지나자 조철악은 누군가 계단을 쏘아 오르는 극히 미세한 기척을 감지하고 벽에 찰싹 달라붙으면서 공격할 자세를 취했다.

그런데 어찌 된 일인지 미세한 기척이 일 장 앞에서 느껴지는데도 사람이 보이지 않았다.

그 순간 기척이 씻은 듯이 사라지자 조철악은 눈을 부릅뜨고 주위를 살피면서 어리둥절한 표정을 지었다.

그때 아무런 음향도 없이 그의 앞에 신기루처럼 일렁거리는 물체, 아니, 그림자 같은 것이 흐릿하게 나타나기 시작했다.

조철악은 그것을 향해 막 일장을 발출하려다가 무슨 생각이 퍼뜩 떠올라 즉시 전음으로 물었다.

"무악이냐?"

"네, 형님."

빠르게 사람의 형태를 만들어가고 있는 물체가 전음으로 대답했다. 그 목소리는 태무악이 분명했다.

그리고 다음 순간 태무악의 완전한 모습이 나타났다.

견식이 풍부한 조철악이지만 사람의 모습을 보이지 않게 하는 수법이 있다는 말은 들어본 적이 없다. 그는 놀라는 표정을 감추려고도 하지 않고 전음으로 물었다.

“그게 뭐냐?”

“무영투공입니다.”

“몸이 투명해지는 것이냐?”

“그게 아니라 빛을 굴절시켜서 제 모습이 보이지 않게 하는 것입니다.”

조철악은 태무악의 말을 이해하려다가 머리에 쥐가 나는 듯한 표정을 지으며 고개를 절레절레 가로저었다.

“어쨌든 네 모습을 보이지 않게 하는 수법이로구나.”

“그렇습니다.”

“너는 정말⋯⋯.”

조철악은 더 이상 전음을 잇지 못했다. 태무악에게 너무 놀라고 감탄해서 도대체 무슨 말을 해야 할지 떠오르지가 않았다.

조철악이 누군가를 칭찬하는 것이나, 태무악이 칭찬을 듣는 것이나 익숙하지 않기는 마찬가지다. 태무악은 조철악이 다시 칭찬을 하기 전에 얼른 전음을 보냈다.

“놈들이 아래에 모여 있습니다. 아래는 매우 넓으며 여러 칸의 방으로 이루어졌는데, 연공실에 가장 많은 열두 명이 있고 또 다른 방에서는 다섯 명이 술을 마시고 있는 듯한데, 여자들도 다섯 명이 있습니다. 제가 감지하기로는 그녀들도 고수인 것 같습니다.”

“열일곱 명뿐인가?”

“그 아래층에 몇 명이 더 있는 것 같습니다만, 확인하지 않았습니다.”

조금 전에 회명자 두 명을 죽였으니, 계단 아래로 내려가 열일곱 명을 죽이면 도합 열아홉 명을 죽이게 된다. 그럼 회명부 내에 남는 것은 삼십여 명이다.

그 정도는 어떤 상황에서든 태무악과 조철악 두 명이 처리할 수 있을 것이다.

그러므로 열일곱 명을 죽이는 과정에서 약간 소란스러워도 괜찮을 것이라는 생각이다.

“내가 연공실을 맡을 테니 너는 술 마시는 놈들을 맡는 게 어떻겠느냐?”

연공실에는 열두 명이 있다. 그러나 태무악이 확인한 결과 그중 절반 이상이 운공조식을 하고 있는 상태였기 때문에 조철악 정도의 실력이라면 별 어려움이 없을 터이다.

또한 술을 마시는 자들은 남녀 도합 열 명이라고는 하지만 술 마시는 분위기와 술에 취해서 경계심이 많이 느슨해졌을 테니 그 역시 힘겨운 싸움은 아닐 것이다.

태무악이 고개를 끄덕이자마자 두 사람은 쏜살같이 계단 아래로 쏘아갔다.

계단 아래는 넓은 광장인데 한쪽으로 여러 개의 방이 일렬로 늘어서 있었다.

태무악이 남녀의 웃음소리가 새어 나오고 있는 오른쪽 끝 방으로 쏘아가면서 조철악에게 왼쪽 끝에서 두 번째 방을 가리켰다. 그 방이 연공실이라는 뜻이다.

두 사람은 좌우로 갈라져서 각자 목표한 방을 향해 쏘아갔다. 그때 복판의 방문이 열리면서 회명자 한 명이 걸어나오고 있었다.

태무악과 조철악은 힐끗 회명자를 쳐다보며 가볍게 안색이 변했다.

그자는 연공실이나 술을 마시는 방에서 나오지 않았다. 그것은 태무악이 조금 전에 광장에 내려왔을 때 회명자 한 명의 기척을 놓쳤다는 뜻이다.

방을 나선 회명자는 태무악과 조철악을 번갈아 쳐다보면서 움찔 놀라는 표정을 짓는 것과 동시에 어깨의 검을 뽑으려고 했다.

검이 뽑히는 소리가 나면 연공실과 술 마시는 방의 회명자와 여고수들이 한꺼번에 쏟아져 나올 것이다.

찰나 조철악이 달려가는 속도를 줄이지 않은 상태에서 회명자를 향해 번개같이 오른손을 뻗었다.

후우우…….

들녘에 삭풍이 부는 듯한 기묘한 음향이 흐르면서 한줄기

빛이 조철악의 손바닥에서 회명자의 얼굴까지 일직선으로 그어졌다.

거의 모든 공격이라는 것은 발출되고, 허공을 쏘아가며, 표적에 적중되는 세 단계의 과정을 거쳐야만 한다.

그런데 조철악이 지금 전개하고 있는 수법은 발출되는 것과 동시에 표적에 적중했다. 중간에 허공을 쏘아가는 궤적(軌跡)이 없는 것이다.

그의 손바닥에서 회명자의 얼굴까지 일직선으로 그어져 있는 빛줄기가 그것을 증명하고 있다.

그런 일이 가능하려면 그가 발출한 초식이 빛처럼 쾌속해야만 한다.

그런네 그뿐만이 아니다. 내공으로 이루어진 공격이 표적에 적중되면 당연히 파열음이 터지고 적중된 표적이 깨지거나 박살 혹은 관통 등의 물리적인 현상이 일어나야 하는 법인데, 빛에 적중당한 회명자의 얼굴에서는 그런 일이 일어나지 않았다.

그 대신 빛이 적중된 얼굴이 통째로 사라져 버렸다. 빛이 적중되고, 녹고, 증발된 것인데, 그 과정이 너무 빨라서 적중되자마자 사라진 것처럼 보였다.

머리를 잃은 회명자는 오른손이 어깨의 검파를 잡은 상태에서 태무악을 향해 붕 날아갔다.

태무악은 회명자의 몸을 받아 살짝 바닥에 내려놓은 후 자신이 목표로 삼은 방문을 향해 달려갔다.

그 순간 조철악은 이미 연공실 방문을 열고 안으로 들어가고 있는 중이다.

태무악은 달리면서 어깨의 흑자검을 추호의 기척도 없이 뽑아 오른손에 움켜쥐고 왼손으로 거칠게 방문을 열며 안으로 쇄도했다.

벌컥!

그의 눈이 빠르게 실내를 훑었다. 꽤 넓은 방 한복판에 둥글고 커다란 탁자가 놓여 있으며, 그 위에는 먹다 남은 요리와 술잔과 주전자들이 어지럽게 흩어져 있었다.

그리고 탁자 가장자리에는 두 사람만 앉아 있고 나머지는 보이지 않았다.

아니, 탁자 가장자리의 두 사람을 앉아 있다고 보기에는 무리가 있었다.

왜냐하면 그들은 일남일녀고, 둘 다 실오라기 하나 걸치지 않은 벌거벗은 알몸이며, 남자가 의자에 눕듯이 앉아 있고 여자가 그 위에 걸터앉아서 격렬하게 엉덩이를 들썩이고 있는 광경이었기 때문이다.

두 사람은 이른바 한창 정사를 벌이고 있는 중이다. 하지만 정사가 무엇인지, 그런 것을 한 번도 해보거나 본 적이 없는 태무악은 그들이 무엇을 하고 있는지 순간적으로 판단하지 못했다.

만약 태무악이 그 행위가 정사라는 것을 알았더라면 그 광경을 발견하는 순간 부지중 멈칫했을 것이다.

하지만 그는 멈칫하는 대신 일남일녀를 향해 짓쳐 가면서 그대로 흑자검을 휘둘렀다.

키이잉…….

비파의 현을 손가락으로 가볍게 문지른 듯한 음향이 흐르면서 흑자검에서 발출된 한줄기 가느다란 먹빛이 반월을 그으며 일남일녀를 향해 뿜어졌다.

알몸의 일남일녀는 비록 격렬하게 정사를 나누는 중이었지만, 고도로 수련을 받은 자들이라서 태무악이 들어오는 것을 알아차리지 못할 리가 없었다.

그런데 태무악은 회명자의 모습이다. 더구나 지금 그가 변신해 있는 얼굴은 정사를 하고 있는 회명자하고 같은 조에 속한 절친한 친구의 모습이다.

정사를 치르고 있던 회명자는 자신이 눈으로 보고 있는 상황을 순간적으로 이해하지 못했다.

친구가 먹처럼 시커먼 검을 맹렬히 그으며 공격을 해오고 있었기 때문이다.

그에게 찰나의 순간이 더 주어졌더라면 지금 공격해 오고

있는 회명자가 자신의 친구가 아니라는 사실을 깨달았을지도
모른다.

하지만 그에겐 그런 찰나의 시간도 주어지지 않았다.

삭!

일도양단. 흑자검에서 뿜어진 반월형의 검기가 위에 있는
여자와 아래에 있는 회명자의 목을 동시에 비스듬히 절단했기
때문이다.

허공으로 둥실 떠오르는 일남일녀의 수급은 땀에 흠뻑 젖었
으며 얼굴 가득 극도의 희열이 새겨지듯 떠올라 있었다. 졸지
에 죽음을 맞이하는 바람에 얼굴 표정을 미처 바꾸지도 못했
던 것이다.

탁자 위를 낮게 엎드린 자세로 날아서 넘고 있는 자세인 태
무악은 일남일녀의 수급이 바닥에 떨어지기도 전에 재빨리 실
내를 훑어보았다.

그가 밖에서 감지했던 그대로다. 실내에는 모두 열 명이 있
었다.

여자는 남자와 호흡과 맥박이 다르기 때문에 감지하는 것은
어려운 일이 아니었다.

조금 전에 그는 이 방에서 술 마시는 소리와 정사를 치르는
격렬한 숨소리를 들었는데, 그는 정사를 하면서 내는 숨소리
가 무엇인지 알지 못했다.

그는 허공중에 떠 있는 짧은 순간에 실내 여기저기에 네 명의 회명자가 각기 한 명씩의 여자를 안은 채 격렬하게 몸싸움(?)을 벌이고 있는 광경을 발견했다.

그는 그중에서 가장 가까운 우측 벽 아래의 한 쌍을 두 번째 먹잇감으로 결정하는 즉시 허공에서 약간 방향을 틀어 그쪽으로 쏘아갔다.

그가 전개하고 있는 것은 유운답엽이다. 구름이 흐르듯 일체의 기척이 없으며 빠르기는 쏘아낸 화살 같다.

네 쌍의 남녀는 물론 모두 알몸인 상태다. 그리고 그들 모두는 본능적인 몸동작을 취하고 있는 상태에서 고개만 돌려 태무악을 쳐다보며 얼굴이 놀라움과 급박함으로 물들어 있었다.

그러나 단지 그것뿐, 여전히 서로를 부둥켜안고 있는 자세를 취하고 있기 때문에 언감생심 태무악을 공격할 수 있는 형편이 아니었다.

태무악은 두 번째 먹잇감의 이 장 거리에 이르렀을 때 흑자검을 좌에서 우로 맹렬히 그어댔다.

키이—

거리가 일 장 반으로 좁혀들었을 때 흑자검이 만들어낸 먹빛의 반월이 옆으로 누운 채 번갯불처럼 뿜어졌다.

그즈음 두 번째 먹잇감이 된 남녀 중에 위에서 찍어 누르고 있던 회명자가 막 몸을 일으키면서 근처에 있는 검을 향해 팔을 뻗고 있었다.

그 순간 태무악의 시선이 한곳에 고정되었다.

약간 몸을 일으킨 회명자의 사타구니에 달린 단단한 음경과 두 다리를 활짝 벌리고 있는 여자의 사타구니 깊은 곳의 털이 무성한 음부가 합체되어 있는 광경이다.

스걱!

회명자는 검을 잡기도 전에, 여자는 쾌락과 놀라움이 범벅된 얼굴로, 둘 다 가슴 부위가 비스듬히 절단되어 즉사했다.

찌르는 것과는 달리, 자르는 것은 반드시 급소일 필요는 없다. 몸통을 통째로 자르더라도 적의 목숨을 끊으면 그만인 것이다.

태무악은 오른쪽 발끝으로 바닥을 가볍게 찍으면서 세 번째 먹잇감이 있는 좌측으로 이 장 정도 떨어진 곳을 향해 신형을 날렸다. 그 모습은 마치 독수리가 지상의 병아리를 낚아채려는 듯 날렵하며 위압적인 기세다.

태무악이 실내에 들어와 두 쌍, 네 명을 죽인 것은 불과 한 호흡 만에 이루어졌다.

그제야 나머지 회명자 세 쌍은 서로의 몸에서 다급히 떨어지고 있는 중이다.

태무악이 세 번째 먹잇감을 죽이고 나면 그때쯤 검을 집어들고 반격할 수 있을 터이다.

　태무악은 앞선 두 번의 공격에 광속참을 전개했다. 소수의 적을 상대할 때 그가 가장 많이, 그리고 즐겨 전개하는 검법이다.

　무간옥에서 삼 년 동안 연마하여 오성의 성취를 이루고 팔십 년 공력으로 전개했을 때에도 대단한 위력이었거늘, 십이성까지 완성했으며 백팔십 년 공력으로 전개하는 지금의 위력을 구태여 설명할 필요가 있겠는가.

　그의 세 번째 공격 역시 광속참이다. 광속참은 그가 익힌 무공들 중에서 가장 쾌속한 다섯 가지 중 하나다. 다른 네 가지는 지공(指功)인 적혼지와 장력인 극마벽, 권법인 마종신권, 그리고 무형신룡검이다.

　태무악이 쏘아가고 있는 중에 세 번째 먹잇감인 회명자와 여자는 필사적으로 각자의 무기인 검을 잡는 즉시 튕겨 일어나고 있었다.

　그러나 그때는 이미 태무악이 이 장 거리까지 쏘아오면서 광속참을 전개하고 있었다.

　키이잇!

　흑자검이 번쩍하고 두 개의 묵광을 뿜어냈다. 방금 전 두 번의 공격에서 반월을 만들어낸 것과는 달리, 흑자검에서 일직선의 두 줄기 묵광(墨光)이 발출됐다.

　퍼퍽!

"큭!"

"컥!"

손가락 굵기의 묵광은 회명자의 옆머리와 여자의 콧등을 그대로 관통했다.

그 순간 태무악은 이미 바닥을 박차면서 다음 목표를 향해 방향을 틀어 쏘아가고 있었다.

태무악이 실내에 들어선 지 이때까지 불과 한 호흡 반이 지났을 뿐이다. 남은 두 쌍, 두 명의 회명자와 두 여자는 검을 움켜쥐고 태무악의 좌측 네 방향에서 일제히 공격을 퍼붓기 시작했다.

한 호흡 반이라는 짧은 시간과 그들이 술에 취한 상태에서 정사를 하고 있었다는 점을 감안한다면 실로 재빠른 대응이라고 할 수 있다.

쐐쐐애액! 쉬이익!

검이 허공을 갈가리 찢고 네 자루 검이 만들어낸 네 개의 검풍이 태무악을 향해 뿜어지는 음향이 고막을 찢을 듯이 날카로웠다.

회명자들은 아직 검기를 발출할 만한 수준에는 이르지 못했으나 검풍이라고 해도 무림의 여타 일류고수들이 전개하는 것과는 근본적으로 위력이 달랐다.

두 여자의 수준은 회명자에 비해서 별로 차이가 나지 않았다. 엄밀하게 따진다면 반의반 수 정도 약한 수준이다. 그 정도라면 무림에서 일류 중에서도 상급에 속한다.

그들이 발출한 네 개의 검풍에 적중되면 태무악이라고 해도 무사하지 못할 듯했다.

그런데 네 명을 향해 마주 부딪치듯 엎드린 자세로 쏘아오던 태무악의 몸이 갑자기 위로 반 장가량 둥실 떠올랐다.

그 모습은 마치 커다란 날개를 활짝 펼친 상태에서 활강을 하던 독수리가 갑자기 아래에서 불어온 상승기류를 타고 위로 쏜살같이 솟구치는 것과 흡사했다. 유운답엽이 만들어낸 보법의 극치였다.

네 명은 졸지에 표적을 잃어버리고 움찔하며 급히 위를 쳐다보았다.

그들을 굽어보는 태무악의 입가에 비릿하면서도 싸늘한 냉소가 피어올랐다.

'천존의 개들.'

그는 무이산에서 삼 년 동안 연마한 삼산살인공 중에 하나의 구결을 속으로 외우며 재빨리 공력을 운용했다.

순간 천장에 등을 붙이듯 높게 떠오른 상태인 그는 아래쪽 네 명을 향해 힘차게 흑자검을 그어댔다.

투투투아아!

그는 단지 한차례 검을 그었을 뿐인데 한 뼘 간격으로 홍,

청, 흑, 백색, 네 개의 빛줄기가 폭발하는 듯한 기세로 연이어 뿜어졌다.

또한 발출되는 음향이 마치 물에 흠뻑 젖은 북을 두드리는 듯했다.

이 검초식은 척탄류(擲彈流)다. 위력적인 면에서는 태무악이 알고 있는 검초식 중에서 단연 으뜸이다.

검초식이면서도 목표에 적중되면 흡사 장력에 적중된 듯한 결과가 벌어진다.

태무악이 싸움에서 척탄류를 전개하는 것은 지금이 처음이다. 그래서 사람에게 적중되었을 경우에는 어떤 결과가 벌어질지 알지 못했다.

현재 그의 능력으로는 척탄류를 최대 여섯 개까지 발출할 수 있다. 위력도 위력이지만 속도 또한 발군이라서, 광속참의 칠 할에 달하는 속도를 지니고 있다.

그가 전개한 네 줄기 척탄류가 네 가지 각기 다른 색을 띠고 있는 이유는 오화벌기 중에 네 개의 기운, 즉 사벌기를 발출했기 때문이다.

태무악은 이 방에 들어온 이후 줄곧 팔성의 공력으로 초식을 전개하고 있었다.

회명자를 과대평가했고 자신의 진정한 능력을 정확하게 모르기 때문이다.

퍼퍼퍼퍽!

"악!"

둔탁한 네 번의 음향과 여자의 한마디 단말마의 비명이 동시에 터졌다.

두 명의 회명자와 두 명의 여자가 둔탁한 소리를 내며 앞 다투어 바닥에 나뒹굴었다.

그들은 척탄류의 빛줄기를 제각기 다른 부위에 적중당했다.

그렇지만 세 명은 즉사했고, 한 여자만 바닥을 데굴데굴 구르면서 처절하게 비명을 지르며 고통스러워했다.

여자를 빗맞힌 것이 아니라 그녀에게 물어볼 것이 있어서 일부러 한쪽 어깨를 적중시킨 것이다.

죽은 세 명의 공통점은, 적중된 부위가 어디든 간에 관통을 해버렸다는 사실이다.

또 하나의 공통점은 오화별기의 특성에 따라서 결과가 각기 다르다는 점이다.

붉은 빛줄기에 뒤통수가 관통되어 즉사한 회명자는 극양지기에 의해 그 부위부터 순식간에 타들어가 잠깐 사이에 재만 남았다.

또한 푸른빛에 등이 관통된 여자는 눈 깜빡할 사이에 한 움큼의 물로 화했고, 검은빛에 등허리가 적중된 회명자는 그 관통된 부위가 빠르게 급속도로 커지더니 삽시간에 몸 전체가 사라져 버렸다.

이들이 정사를 벌이는 경황 중이 아니었다면 아무리 척탄류라 해도 이처럼 간단하게 당했을 리가 없다.

방심이 화를 불렀다. 아니, 설마 회명부가 습격을 당하리라고 누가 예상이나 했겠는가.

마지막 백색 빛줄기를 오른쪽 어깨에 적중당한 여자는 어깨가 통째로 떨어져 나간 상태에서 그 부위부터 빠르게 얼어붙기 시작했다.

죽은 사람이라면 모르지만, 살아서 움직이고 있는 사람의 몸이 얼어붙고 있으니 그 고통이야 어찌 말로 설명할 수 있겠는가.

알몸의 여자가 한쪽 어깨가 떨어져 나가고 천장을 향해 누운 자세로 몸이 빠르게 얼어붙으면서 버둥거리고 있는 모습이란 실로 목불인견이었다.

척!

태무악이 그녀 옆에 내려서서 지풍을 날려 얼어붙는 것을 멈추게 할 때까지 그녀는 상체의 절반과 목, 허리 부위가 얼어버렸다.

"크으으… 어서 죽여다오……."

이십대 후반의 나이에 늘씬한 몸매를 지닌 꽤 예쁜 용모의 여자는 눈을 희번덕이며 이를 갈았다.

고통에 겨워 몸을 흔들 때마다 풍만한 젖가슴이 출렁거렸고, 하체를 뒤틀 때마다 사타구니 깊은 곳의 끈끈한 액체로 범벅이 된 붉은 음부가 적나라하게 드러났다.

태무악은 시간을 허비하고 싶지 않아서 즉시 손바닥을 펼쳐 독수리 발톱처럼 활짝 벌려 여자의 머리를 덮고 제독치령법 중 치령술의 구결을 외웠다. 그녀에게 알아내고 싶은 것이 있기 때문이다.

그의 손바닥을 통해서 한 움큼의 특수한 진기가 뇌 속으로 주입되자 여자의 눈빛이 몽롱하게 변했다.

태무악은 그녀를 굽어보며 중얼거렸다.

"너는 누구냐?"

고통조차도 망각한 여자가 입술을 달싹이며 대답했다.

"육십구화라(六十九花羅)입니다."

태무악은 가볍게 눈살을 찌푸렸다.

"그게 무엇이냐?"

"주작세림 휘하 화라련 소속 육십구 번째 화라선녀라는 뜻입니다."

태무악은 그녀가 주작사자의 휘하 조직인 주작세림 중에서 화라련의 화라선녀라는 사실을 알게 되었다. 그런데 어째서 화라선녀들이 회명부에 있는 것인지 궁금했다.

"너희들이 무엇 때문에 이곳에 있는 것이냐?"

화라련은 백 명의 화라선녀로 이루어져 있다. 그중 서열 육십구 번째 화라선녀는 감정이 없는 목소리로 대답했다.

"화라련에서는 매월 다섯 명의 화라선녀를 선발하여 이곳 회명부로 보내서 회명자들과 동침을 하게 합니다."

"동침이 뭐냐?"

남녀 간의 관계에 대해서는 순진무구한 태무악이 그렇게 묻는 것은 당연했다.

"남녀가 정사를 하는 것입니다."

화라련에서 매월 다섯 명의 화라선녀를 뽑아 회명부로 보내 회명자들과 치르는 일이라고 하니까 '동침'이나 '정사'라는 것이 꽤 중요한 일일지도 모른다는 것이 순진한 태무악의 생각이었다.

"정사가 무엇인지 내가 알아듣게 설명해라."

"그것은……."

육십구화라가 말을 흐렸다. 치령술에 제압된 상태에서도 어떻게 설명해야 할지 난감한 것이다.

태무악의 힐문이 싸늘해졌다.

"어서 설명해라."

그런데도 육십구화라는 눈동자를 데구루루 굴릴 뿐, 대답을 하지 못했다.

그래서 태무악은 혹시 치령술이 어설프게 전개된 것인가 싶어서 손을 갈퀴처럼 구부려 그녀의 머리에 덮고 다시 한 번 전개했다.

그러자 육십구화라가 몸을 세차게 부르르 떨었다. 첫 번째 치령술에 제대로 제압됐는데 또 한차례 당했기 때문이다.

“너희가 회명자와 한다는 정사가 무엇인지 알아들을 수 있게 설명해라.”

“그것은… 말로 설명하기 어렵습니다.”

몸의 반이 얼어붙은 육십구화라가 일어나 앉으려고 버둥거리자 태무악이 도와주었다.

육십구화라는 무슨 방법을 써서라도 ‘정사’라는 것을 설명해야 한다는 강박감에 사로잡혔다.

그래서 그녀는 자신이 회명자와 정사를 했던 과정을 몸으로 직접 재연하려고 했다.

우뚝 서 있는 태무악 앞에 퍼질러 앉은 자세가 된 그녀는 갑자기 하나뿐인 손을 뻗어 태무악의 괴춤을 잡고 아래로 확 끌어내렸다.

그 바람에 태무악의 하의와 함께 속곳마저도 함께 내려가 버려 그는 졸지에 아랫도리가 벌거숭이가 됐다.

“무슨 짓이냐?”

태무악이 놀라서 급히 물러서려고 할 때 육십구화라는 하나뿐인 팔로 태무악의 엉덩이를 잡고 앞으로 당기면서 입을 그의 음경으로 가져갔다.

심상치 않음을 느낀 태무악은 그녀를 걷어차려고 했다.

벌컥!

"무악아! 놈들이 오고 있다!"

순간 갑자기 방문이 확 열리면서 조철악이 들어서며 낮게
외쳤다.

태무악은 그 자세 그대로 태연하게 조철악을 쳐다보았다.

"형님."

"너… 무엇을……."

조철악이 어이없다는 표정을 지으며 말할 때, 태무악의 얼
굴이 와락 일그러졌다.

육십구화라의 입술이 그의 음경에 닿은 것이다.

퍽!

순간 태무악의 발끝이 그녀의 앞가슴을 강하게 걷어찼다.

가슴이 박살이 난 육십구화라는 입과 칠공에서 피를 뿌리면
서 지푸라기처럼 날아가는 도중에 숨이 끊어져 맞은편 벽에
호되게 부딪쳤다가 바닥에 나뒹굴었다.

조철악의 시선이 육십구화라의 침이 흠뻑 묻어 있는 태무악
의 음경으로 향했다.

그는 이 순간 태무악이 도대체 무엇을 하고 있었는지 이해
가 되지 않았다.

자신의 눈으로 본 광경을 있는 그대로 믿자니, 자신이 알고 있는 태무악은 절대 그럴 사람이 아니다.

싸움을 하는 도중에 적과 음탕한 짓을 하다니, 말도 되지 않는 일이다.

그러나 조철악이 생생하게 목격한 방금 전의 광경을 대체 무엇으로 이해할 수 있다는 말인가.

하지만 그는 태무악에게 무슨 이유가 있었을 것이라는 쪽으로 생각을 굳혔다.

태무악은 조철악의 따가운 시선을 느끼면서 이상한 기분이 들었으나 급히 하의를 추슬렀다.

남녀 간의 정사가 무엇인지, 정사를 하기 전에 여자가 방금 같은 행위를 한다는 사실 따위를 모르는 그로서는 조금도 부끄러움을 느끼지 않았다.

第六十二章
동료(同僚)

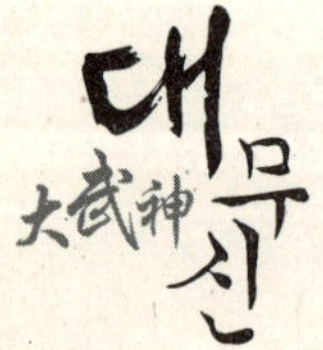

　　태무악은 방을 나서기 전에 회명자의 얼굴에서 본래의 모습으로 돌아왔다.

　　지금 방 밖의 광장으로 몰려오고 있는 회명자들과 싸우는 데에는 굳이 회명자로 변신할 필요가 없기 때문이다.

　　태무악과 조철악이 방을 나서는 순간 마침 광장으로 들이닥치고 있던 열 명의 회명자가 두 사람을 발견하고 일제히 공격을 퍼부었다.

　　그들은 아래층에 있던 자들인데 이곳의 소란을 감지하고 달려 올라온 것이다.

회명자가 무림에서 활동을 할 때에는 검은 철립을 쓰는데, 지금 이들은 철립을 쓰지 않은 모습이다.

태무악과 조철악은 이미 예상하고 있었으므로 방을 나서는 순간 좌우로 나누어 각 다섯 명씩 맡아서 맹렬하게 공격을 펼쳤다.

태무악은 전 공력으로 삼산살인공의 전린부를 전개했다.

파츠츠춧!

이름 그대로 전린(電鱗), 흡사 번갯불 같은 검기가 산악을 쪼갤 듯이 폭사되었다.

쩌억!

눈부신 번갯불, 즉 검기는 좌측 선두에서 공격해 오던 회명차가 발출한 사혼검법과 그의 검까지도 짓뭉개 버리면서 그자의 가슴에 적중, 그대로 관통해 버렸다.

극양지기로 펼쳐지는 전린부의 검기 때문에 그자의 뻥 뚫린 가슴 한복판이 타면서 짙은 연기가 피어났다.

선두의 회명자가 무참하게 당했는데도 회명자들의 공격 기세는 조금도 수그러들지 않았다.

태무악을 공격하는 네 명의 회명자는 각기 광속참과 사혼검법, 화우월영격 등을 맹렬하게 전개하면서 쇄도했다.

회명자들은 모두 무간옥 출신이라서 태무악이 알고 있는 무공의 삼 할 정도를 익혔기 때문이다.

파파츠츠웃!

태무악의 흑자검이 네 회명자를 향해서 두 번째 전린부를 뿜어냈다.

그런데 이번에는 처음처럼 굵직한 검기가 뿜어졌다가 별안간 네 개의 가느다란 빛줄기로 쫙 갈라지더니, 네 명의 회명자를 향해 벼락처럼 쏟아져 갔다.

네 줄기의 빛은 네 개의 번뜩이는 비늘처럼 생긴 전린이 쏘아가면서 긴 꼬리를 만들었기 때문에 빛줄기로 보이는 것이다.

네 명의 회명자가 먼저 공격을 했음에도 태무악이 발출한 전린부가 더 먼저 그들을 휩쓸었다.

태무악의 공력과 검법의 완성도가 그들보다 높기 때문에 더 빨랐던 것이다.

퍽!

째째쨍!

둔탁하고 날카로운 음향이 한데 뒤섞여 터졌다.

네 명의 회명자들은 자신들에게 쇄도하는 전린을 모두 검으로 쳐냈다.

태무악이 첫 번째 공격으로 전린부를 전개하고 연이어 전린부를 또 전개한 것이 실수였다.

아니, 다수의 적을 상대할 때에는 처음부터 전린부를 사용하지 말았어야 했다.

전린부는 한 명의 적과 싸울 때에는 대단한 위력을 발휘하지만, 다수를 상대할 때에는 위력이 감소한다. 한 줄기 전린을 여럿으로 쪼개기 때문이다.

그러나 방금 전과 같은 상황에서 상대가 회명자가 아닌 무림의 고수들이었다면 결코 실패하지 않았을 터이다.

태무악의 한 번의 실수는 즉각 좋지 않은 결과로 나타났다.

쐐애액! 쉬쉭! 패애액!

일 장 이내로 근접한 네 명의 회명자가 태무악을 향해 소나기처럼 공격을 퍼부었다.

태무악은 최대 여섯 명의 회명자와 싸워서 그들을 죽일 수 있는 실력을 지녔다.

하지만 지금은 선공이 실패하여 오히려 역습을 당하는 상황이라서 그의 실력이 진가를 발휘하지 못했다.

일단은 위기를 넘겨야만 한다. 태무악이 여섯 명의 회명자와 싸워서 죽일 수 있는 실력자라고 해도 검에 찔리거나 베이면 죽을 수밖에 없는 인간인 것이다.

태무악은 자신이 위기 상황에 처했다는 것보다도 실수를 했다는 사실 때문에 마음이 편하지 않았다.

그렇지만 어쨌든 지금은 위기를 벗어나서 다시 선공할 수 있는 기회를 잡아야 하는 것이 급선무다.

네 회명자의 합공은 설혹 태상사사자라고 해도 방심하지 못할 만큼 위맹했으며 표적의 전신 급소를 노리고 있었다.

태무악은 아차 하는 순간 자신이 죽거나 중상을 입을 수도 있음을 예감했다.

그러나 겁이 난다거나 정말로 죽거나 다칠 것이라는 생각은 들지 않았다.

그는 급히 유운답엽을 전개하면서 허리를 이용하여 상체를 전후좌우로 기민하게 흔들었다.

스스스… 사사사…….

삼 년 전, 무간옥을 탈출하여 기나긴 도주를 하는 동안 그가 가장 뼈저리게 자신의 부족함을 절감했던 것이 경공과 보법이었다.

이후 무이산에 은거하여 삼 년 동안 무공을 연마하면서 경공과 보법에 매두몰신(埋頭沒身)하여 지금은 최상의 경지에 도달한 상태다.

유운답엽을 펼치자 그의 모습이 흐릿해지면서 여러 개로 보였다.

좁은 공간 내에서 눈 한 번 깜빡이는 사이에 무려 이십여 차례나 이동을 하기 때문이다.

불과 일 장 이내까지 접근하여 공격을 퍼붓던 네 자루 검 중에 세 자루가 빗나가 허공을 찌르고 베었다.

사악!

단지 한 자루만이 태무악의 왼쪽 어깨를 두 치 깊이로 반 뼘 가량 베었다.

아무리 태무악이라고 해도, 또한 유운답엽을 펼쳤다고 해도 일 장이라는 좁은 공간에서 초일류고수인 네 회명차의 합공은 대단한 위력을 발휘했다.

그들은 첫 번째 공격이 실패하자마자 즉시 두 번째 공격으로 이어갔다.

그러나 다음 순간 그들은 일제히 멈칫 동작을 멈추었다.

태무악의 모습이 눈앞에서 연기처럼 사라져 버렸기 때문이다.

네 명의 회명자가 네 방향에서 포위한 상태에서 공격을 하고 있는데 복판에 있던 태무악이 사라져 버리다니, 귀신이 곡할 일이다.

그들은 재빨리 주위를 둘러보았다. 물론 위아래도 빼놓지 않고 살폈다.

그러나 태무악의 모습은 처음부터 없었던 것처럼 어디에서도 보이지 않았다.

그때 네 회명자 중 한 명이 갑자기 가볍게 비틀거렸다.

그는 자신의 몸에 이상이 생겼다는 것을 느꼈으나 어디가 어떻게 잘못됐는지는 알지 못했다.

그저 갑자기 온몸의 힘이 쭉 빠지면서 움직일 수 없게 되었을 뿐이다.

정작 당사자는 느끼지 못하고 있는데 그 옆에 있는 회명자가 비틀거리고 있는 회명자의 목을 쳐다보면서 움찔 놀라는 표정을 지었다.

비틀거리는 회명자의 목에 가느다란 혈선이 가로로 그어져 있는 것을 발견한 것이다.

"……!"

그런데 그것을 발견한 회명자가 갑자기 무엇을 먹다가 목에 걸린 듯한 표정을 짓더니 몸이 뻣뻣하게 경직됐다.

그때 처음 비틀거렸던 회명자가 약간 고개를 들자 목에 그어진 가느다란 혈선을 경계로 위쪽이 삐끗 미끄럼을 타듯 뒤로 흘러내렸다.

아니, 그러는가 싶더니 얼음 위를 또 다른 얼음이 미끄러지듯이 목 위의 부위가 뒤로 주르르 미끄러졌다.

투우…….

이어서 목에서 완전히 분리된 머리가 아래로 떨어졌다.

그러나 묵을 자른 것처럼 매끄러운 표면의 목에서는 피가 한 방울도 흐르지 않았다.

그때 두 번째로 몸이 경직된 회명자는 왼손을 들어 자신의 목을 만져 보다가 목 윗부분이 쩍 쪼개지면서 뚜껑이 열리듯

뒤로 젖혀졌다.

말하자면, 두 사람 다 스스로도 느끼지 못하는 사이에 목이 잘린 것이다.

뭔가 불길한 낌새를 감지한 나머지 두 명의 회명자는 갑자기 발작하듯 보법을 전개하여 상체를 이리저리 움직이면서 자신의 주위를 향해 어지럽게 검을 휘둘렀다.

상대가 무슨 수법을 썼는지는 몰라도 모습이 보이지 않는 해괴한 수법으로 암중에서 자신들을 공격하고 있다고 판단한 것이다.

쩌겅!

그때 한 명의 회명자의 검이 허공중에서 무엇인가와 강하게 부딪치면서 불꽃이 튀며 절반으로 뚝 부러져 나갔다.

검이 부러진 회명자는 본능적으로 위기를 느끼고 급히 보법을 밟고 상체를 마구 흔들면서 더욱 맹렬하게 검을 휘두르며 뒤로 물러났다.

푹!

순간 그의 얼굴에서 주먹으로 두부를 갈긴 듯한 소리가 나더니 직후 코와 뒤통수가 관통이 되어 앞뒤로 분수처럼 피를 뿜어냈다.

마지막 한 명 남은 회명자는 두려움을 느낄 법도 한데 추호도 그런 내색 없이 보이지 않는 적을 향해 맹렬하게 공격을 퍼붓더니 느닷없이 번쩍 허공으로 솟구쳤다.

아니, 솟구치는 즉시 허공중에서 감쪽같이 사라졌다.

그즈음 조철악은 마지막 회명자의 가슴 한복판에 일장을 적중시키고 있었다.

쩍!

일장에 적중된 회명자는 비명조차 지르지 못하고 즉사했다. 단지 장력에 적중된 것만으로 그의 상체가 완전히 사라져 버리고 어깨 위와 허리 아래 부위만 남았다.

이제 태무악이 상대하던 마지막 회명자 한 명만 남았다.

그자가 허공으로 솟구쳐서 모습을 감추었으나 태무악은 조금도 두리번거리지 않았다.

태무악과 회명자, 둘 다 똑같이 모습을 감추었으나 전개한 수법은 전혀 다르다.

태무악은 무영투공을 전개했으나 회명자는 은둔술을 펼쳤을 뿐이다.

무영투공은 심오한 깊이의 절학이지만, 은둔술은 잡기(雜技)에 불과하다.

사실 태무악은 무간옥에서 가르친 수많은 재주와 기술들을 깡그리, 그리고 완벽하게 익힌 무간옥 사상 가장 뛰어난 무간자다.

다만 탈출을 위하여 그런 사실을 감쪽같이 숨기고 있었을 뿐이다.

그러므로 회명자가 아무리 무간옥 출신이고 태무악의 선배라고 해도 태무악보다 뛰어날 수는 없다.

은둔술을 펼쳐서 숨어버린 회명자의 위치를 태무악은 손바닥의 손금을 보듯이 훤하게 파악하고 있다.

피잉!

회명자는 허공으로 솟구쳤으나 태무악은 전면의 벽을 향해 적혼지를 발출했다.

그러자 곧 적혼지가 적중될 부위의 벽이 울렁 하고 물결이 치는가 싶더니 갑자기 회명자 한 명이 튀어나왔다.

적혼지를 발출하자마자 쇄도해 가던 태무악이 머리 위로 치켜들었던 흑자검을 벼락같이 그어 내렸다.

키잇!

광속참에 의해 흑자검에서 발출된 커다란 세로의 먹빛 반월이 회명자의 정수리에서 사타구니까지 일도양단해 두 조각을 내버렸다.

"끝난 것인가?"

조철악이 광장을 둘러보며 중얼거렸다.

"아직 아닙니다."

"어째서?"

태무악이 광장으로 통하는 다섯 군데 통로를 날카롭게 쓸어보면서 말하자 조철악이 물었다.

"형님께서 회명부에 총부주와 세 명의 부주가 있다고 하지 않았습니까? 아직 그들이 나타나지 않았습니다."

"그렇기는 한데, 이 난리가 벌어졌는데도 나타나지 않는 것을 보면 그놈들은 이곳에 없는 것 같다."

조철악의 말이 이치에 맞다. 회명부내에 총부주와 세 명의 부주, 그리고 회명자들이 더 있다면 아직까지 나타나지 않을 리가 없다.

"그만 가자. 오래 있어봐야 이로울 게 없다."

조철악이 아까 내려온 계단 쪽으로 걸음을 옮기면서 말하자 태무악은 오히려 반대 방향의 통로를 향해 쏘아갔다.

"형님 먼저 나가십시오. 저는 확인해 보겠습니다."

대충대충인 성격의 조철악과 완전무결한 성격의 태무악이 극명하게 대비되는 순간이다.

조철악은 군말없이 태무악의 뒤를 따랐다. 그는 태무악이 의형인 자신의 말을 듣지 않는다고 해서 조금도 기분이 언짢지 않았다.

원래 조철악은 성격이 타의 추종을 불허할 정도로 포악하고 잔인, 냉혹, 괴팍하다고 무림에 소문이 났으며, 그 소문이 사실이다.

원래 성격대로 하자면 그의 말을 거스르는 태무악은 결코 살아남지 못한다.

아니, 처음부터 태무악과 의형제 따위, 어줍지 않은 인연 따위를 맺지도 않았을 것이다.

그는 순전히 '은혜 갚음'이라는 명분으로 태무악과 의형제를 맺었다.

그래야지만 태무악 곁에 머물면서 '은혜 갚음'을 할 수 있을 것이라고 생각했다.

은혜를 갚지 않은 상태에서는 고깃덩이가 목에 걸린 것처럼 답답해서 견딜 수가 없었다.

그것이 그의 성격이다. 그래서 순전히 자신을 위해서 은혜를 갚으려는 것이었다.

그런데 의형제를 맺고 채 하루도 지나지 않은 지금, 조철악은 태무악에게 묘한 매력을 느끼고 있다.

그러나 그것은 미미한 것이다. 그보다는 태무악에 대한 의무감이나 책임감이 훨씬 더 크다.

아무리 미미하다고 해도 이날까지 조철악의 관심을 끌 만한 사람은 한 명도 없었다. 태무악이 처음인 것이다.

조철악은 자신이 군말없이 태무악의 뒤를 따르고 있다는 것조차 자각하지 못하고 있었다.

경험이 풍부하다고 하지만 조철악의 경험은 순전히 무공이나 싸움에 관한 것이지, 인간관계가 아니다.

그래서 '의형제'라는 것의 정확한 정의를 모르기는 태무악
이나 거의 마찬가지다.

태무악과 조철악은 회명부 내를 샅샅이 뒤졌으나 더 이상
단 한 명의 회명자도 발견하지 못했다.

회명자들의 시중을 들거나 살림을 맡은 하녀와 하인들, 주
방의 숙수와 의원들이 오십여 명 있었으나 태무악과 조철악은
겁에 질린 그들까지 죽이지는 않았다.

회명부 내부는 지하 오층까지 있었다. 위쪽 세 개 층은 회명
자들이 사용하고, 아래쪽 이층은 식당이거나 창고, 잡일을 하
는 사람들의 숙소였다.

조철악은 그만하고 가자고 했으나 태무악은 아래쪽 이층 구
석구석까지 살폈다.

맨 아래층에는 중앙 광장에서 총 여섯 갈래의 통로가 뻗어
있고, 그중 네 개 통로에 있는 수십 개의 방을 샅샅이 살핀 태
무악은 다섯 번째 통로로 들어섰다.

회명자가 더 이상 없을 것이라고 판단한 조철악은 광장 한
복판에 책상다리를 하고 앉아서 식당에서 가져온 간단한 요리
와 술을 곁들여 마시며 태무악을 기다렸다.

태무악은 통로 입구에서부터 좌우에 있는 방들을 하나씩 차
근차근 열고 안을 확인하면서 나아갔다.

방 안에 있는 하녀나 하인, 숙수들은 잔뜩 겁에 질린 얼굴로 꼼짝도 하지 않은 채 태무악과 시선이 마주치지 않으려고 전전긍긍했다.

태무악은 방을 일일이 열어 확인하면서도 아까부터 신경은 통로 맨 끝 방에 집중되어 있었다.

그곳에서 귀에 거슬리는 숨소리가 감지되고 있기 때문이다.

이윽고 그는 통로 맨 끝 방 앞에 멈추었다.

그런데 다른 방들과는 달리 그 방의 입구는 큼직한 철문으로 막혀 있었다.

철문 너머에서 감지되는 숨소리는 세 가지 사실을 전해주고 있었다.

한 사람이며, 무공을 익혔고, 정상이 아닌, 즉 심하게 상처를 입은 상태라는 것이다.

거무튀튀한 철문에는 빗장과 어린아이 머리통만 한 자물쇠가 매달려 있었다.

태무악은 만약의 사태에 대비하여 공력을 끌어올려 언제라도 출수할 준비를 갖춘 후 손을 뻗어 자물쇠를 지그시 움켜잡았다.

쩡!

손가락 두 개 굵기의 고리가 맥없이 끊어지자 그는 천천히 철문을 잡아당겼다.

그긍…….

철문이 약간 열리자 그 틈으로 안쪽의 역한 피비린내가 확 풍겨 나왔다.

실내는 손바닥만 한 창문 하나 없이 캄캄했으나 태무악의 눈에는 환하게 보였다.

태무악은 무심한 시선으로 잠시 실내의 사람을 응시하다가 몸을 돌려 왔던 길로 걸음을 옮겼다. 회명자가 아니라고 판단한 것이다.

그때 철문 안에서 흐릿한 목소리가 흘러나왔다.

"으으… 무간… 백구호……."

태무악은 뚝 걸음을 멈추었다. 그를 보고 '무간백구호'라고 알아보는 사람은 무간옥 사람들밖에 없다.

그는 다시 철문 앞으로 다가가 안을 쳐다보았다.

철문 안쪽 정면 석벽에는 한 사람이 서 있었다. 그렇지만 그냥 서 있는 것이 아니라 두 팔을 위로 뻗은 채 매달려 있는 모습이다.

매우 심하게 녹이 슨 것 같은 붉은색의 쇠사슬이 그자의 양 손목과 양 발목을 묶었고, 또한 양쪽 어깨의 쇄골 아래를 통과했으며, 쇠사슬의 끝은 벽 위쪽 높은 곳에 깊숙이 박힌 상태였다.

쇠사슬이 쇄골 아래를 뚫어 통과하면 제아무리 절정고수라고 해도 맥을 못 추는 법이다.

쇠사슬에 매달려 있는 자는 알몸인데 자세히 보지 않으면 알몸이라는 사실을 잘 알아볼 수 없는 모습이다.

왜냐하면 온몸이 피투성이라서 마치 붉은 옷을 입고 있는 듯한 착각이 들기 때문이다. 그래서 태무악도 그자가 누군지 알아보지 못했다.

그가 아무 말 없이 우뚝 서서 묵묵히 쳐다보기만 하자 쇠사슬에 매달린 자가 다시 흐느끼듯 중얼거렸다.

"흐으… 무간… 백구호… 네가… 맞구나……."

흐느낌이 아니라 웃는 것이다. 저런 참혹한 몰골이 되고서도 웃을 수 있는 사람은 흔하지 않다.

그자는 머리와 얼굴까지도 핏물을 뒤집어쓴 듯한 모습이었다.

하지만 태무악은 그자의 목소리를 듣고 누군지 즉시 알아차렸다.

태무악이 무간옥에 있을 때 함께 있던 무간자가 분명했다. 그뿐만 아니라 그가 무간구십구호이며, 백구 명의 무간자와 무간낭자 중에서 최상위 성적이었고, 어떤 성격을 지니고 있는지까지도 생생하게 기억하고 있다.

태무악은 한 번 듣고 본 것은 죽을 때까지 잊어버리지 않는 기억력을 지니고 있다.

"너… 살아 있었구나……."

무간구십구호가 흰 이를 드러내며 중얼거렸다.

원래 무간자들끼리는 친한 사이가 없다. '친하다' 라는 개념
조차도 모르기 때문이다.

그러므로 무간옥에서는 친구니 연인이니 하는 관계가 성립
될 리가 없다.

그런데 무간구십구호의 '살아 있었구나' 라는 말이 묘한 여
운으로 태무악의 가슴에 전해졌다.

무간자들끼리는 누가 죽든 조금도 신경을 쓰지 않았다. 물
론 종종 함께 훈련을 받은 무간자가 죽었다고 해도 슬퍼하는
일 따윈 아예 없었다.

전체 훈련을 받을 때 누가 보이지 않으면 그저 '죽었나 보
다' 라고 여길 뿐이다.

그러므로 무간구십구호의 '살아 있었구나' 라는 말은 감정
이 한 올도 섞이지 않은, 그저 액면 그대로 태무악이 죽은 줄
알고 있었다는 뜻이다.

태무악은 여전히 아무 말도 하지 않으며 무간구십구호를 응
시하고 있었다.

무간구십구호가 왜 회명부의 지하 골방에서 쇠사슬에 묶여
있는지 궁금하지 않았다.

무간자들이 무간옥의 전 과정을 거치고 나면 회명자가 되는

것이므로, 무간구십구호도 회명자로 선발됐을 것이라고 막연하게 생각할 뿐이다.

"삼 년 전에… 무간백구호… 너와 세 명이 탈출한 것을 우리 모두 알고 있었다."

태무악은 자신들이 탈출한 사실을 무간자들이 알고 있을지에 대해서는 추호도 관심이 없었다.

"어느 날부터 모든 무공 수련과 야외 훈련이 전면 중지되고 우리는 모두… 무간암동 각자의 방에 갇혔다. 그때 나는 누군가 탈출했을 것이라고 짐작했지."

태무악을 잡기 위해서 천색령이 발동되고 아방나찰들과 적귀들이 총동원된 상황이라서 무간자들을 교육시키는 것은 뒷전으로 밀려 있었다.

무간구십구호는 자신이 어째서 이런 곳에 상처 입은 몸으로 매달려 있는지에 대해서는 말하지 않았다. 그는 태무악이 살아 있다는 사실에 관심이 더 있는 듯했다.

"다섯 달 후에야 무간암동에서 나와 훈련이 재개됐는데… 그때 너와 세 명이 보이지 않는 것을 알게 됐다. 그리고 몇몇 아방나찰이 보이지 않던데… 너희가 죽였느냐?"

태무악은 가볍게 고개를 끄덕였다.

"너희는… 지금 함께 있느냐?"

태무악이 절레절레 고개를 가로젓자 그는 눈을 깜빡이면서 재차 물었다.

"바깥세상에는 무엇이 있더냐? 좋더냐?"

"무간옥보다는 낫다."

태무악은 처음으로 입을 열어 대답했다. 그러고 나서는 중앙 광장 쪽으로 몸을 돌렸다. 무간구십구호에게 더 이상 볼일이 없기 때문이다.

"나도… 갈 수 있을까?"

등 뒤로 들려오는 그 말에 태무악은 다시 그를 쳐다보았다.

"궁금하다… 바깥세상이……."

태무악은 잠시 생각했다. 무간구십구호와는 눈곱만큼도 친분이나 감정이 없다.

하지만 바깥세상에 갈 수 있을까, 라고 묻는 그의 말을 그냥 모른 체하기가 어려웠다.

무간구십구호는 무간옥이 세상의 전부인 줄 알고 있고, 바깥세상이 어떻게 생겼는지 전혀 모른다.

태무악은 자신의 무간옥 시절을 잠시 생각하다가 철문 안으로 걸음을 옮겨 무간구십구호 앞에 멈춰 섰다.

무간구십구호는 우뚝 서 있는 태무악의 모습을 자세히 살펴보고 나서 중얼거렸다.

"너는 꽤 고강해진 것 같구나."

무인은 무인을 안다. 오직 무공밖에 모르면서 살아온 무간구십구호가 태무악의 무공 증진을 못 알아볼 리가 없다.

처음에는 헐떡거리던 무간구십구호는 점차 안정을 되찾고 있는 것 같았다.

슥—

태무악이 묵묵히 손을 뻗어 무간구십구호의 한쪽 손목을 채운 수갑을 잡자 그가 의아한 표정을 지었다.

"무얼… 하려는 거냐?"

"널 풀어주겠다."

"그래서?"

무간구십구호는 애매한 표정을 지었다.

"이곳에서 나가 바깥세상으로 가거라."

그러자 무간구십구호의 눈빛이 굳어졌다. 그는 눈도 깜빡이지 않고 가만히 있더니 이윽고 가라앉은 목소리로 입을 열었다.

"내 혈도를 제압하고… 다짜고짜 무간옥에서 이곳으로 끌고 오더니… 나더러 회명자라는 것이 되라고 하더군. 그러면 매년 금화 백 냥을 주고… 십 년 후에 자유로운 바깥세상으로 내보내 주겠다는 거야."

그는 마치 남의 얘기를 하듯 중얼거렸다.

"처음에 나는… 어째서 아방나찰이 내 혈도를 제압했는지 이유를 몰랐다… 그리고 무간옥을 벗어나 이곳으로 왔다는 사실도 알지 못했다."

아마 그는 태어나서 지금처럼 많은 말을 하기는 처음일 것이다.

태무악이 알고 있는 무간구십구호는 무간옥의 여러 별종 중에서도 특별한 별종이었다.

"이곳에서 사부주(死府主)라는 작자가 나더러 이제부터 회명자가 될 것이고, 십 년 후에 바깥세상에 내보내 준다고 하는 말을 듣고서… 이곳이 무간옥이 아니고… 또 바깥세상이라는 것이 있다는 사실을 처음 알게 됐지."

어차피 회명자가 되면 바깥세상이 어떻다는 것을 자연히 알게 될 것이라서 사부주가 미리 말해주었을 것이다. 사부주는 회명부의 살, 혈, 사, 삼 개 부 중에서 사부의 부주를 가리키는 것일 게다.

"그래서 나는 회명자가 되기 싫다고 했지. 이유를 묻기에 지금 당장 바깥세상으로 내보내 달라고 요구했다. 그랬더니 그때부터 그 자식이 매일 고문을 해서 이 지경으로 만들더군. 후후……."

태무악이 아는 무간구십구호는 그러고도 남을 놈이다. 무간옥에 있을 때에도 그는 한 번 하기 싫은 것은 하늘이 두 쪽이 나도 하지 않았다. 그런 고집적인 면에서는 태무악보다 독종이었다.

“회명자가 되기 싫으냐?”

“싫어.”

태무악의 물음에 무간구십구호는 생각할 것도 없다는 듯 내뱉었다.

“죽어도?”

“죽지, 뭐.”

태무악은 자신을 닮은 그의 고집이 조금 마음에 들었다.

“내가 풀어줄 테니 바깥세상으로 나가라.”

이어서 그는 수갑을 잡은 손에 공력을 끌어올렸다.

“후후… 쓸데없는 짓이다.”

그랬더니 무간구십구호가 툴툴 웃었다.

“날 고문한 사부주라는 놈의 말이, 이 쇠사슬은 금혈강철(金血鋼鐵)이라서 도검으로도 끊어지지 않는다고 하더군.”

“그런가?”

태무악은 수갑을 놓고 대신 흑자검을 뽑으면서 두 걸음 뒤로 물러섰다.

“이봐!”

쉬익!

쨍!

무간구십구호가 무슨 말을 하려고 외치는데도 태무악은 주저없이 흑자검을 휘둘렀다.

흑자검이 수갑에 부딪치자 불꽃이 튀면서 튕겨졌고 수갑은 멀쩡했다.

그런데 수갑이 채워진 무간구십구호의 왼 손목에서 피가 철철 흘러 바닥에 뚝뚝 떨어졌다.

방금 흑자검으로 수갑을 내려칠 때 그 충격으로 손목의 살점이 뭉텅 떨어져 나가고 허옇게 뼈가 드러났다. 그러나 무간구십구호는 비명은커녕 눈도 까딱하지 않았다.

그것에 신경조차 쓰지 않기는 태무악도 마찬가지다.

무간구십구호는 오히려 태무악의 흑자검에 관심을 보였다.

"금혈강철에 부딪치고도 흠집조차 없는 것을 보니 보통 검이 아닌 것 같군."

대무익은 대답 대신 이번에는 공력을 끌어올려 천강신력을 운용, 흑자검에 주입하여 내리그었다.

카칵!

흑자검이 수갑을 단번에 끊자 태무악은 거기에서 멈추지 않고 연이어 검을 휘둘렀다.

카카칵! 카각!

철그렁!

흑자검이 몇 차례 허공을 긋고 불꽃이 번쩍인 직후 긴 쇠사슬이 바닥에 떨어졌다.

태무악은 무간구십구호의 오른손에 채워진 수갑과 양 발목의 족쇄, 양어깨 쇄골을 관통한 것과 벽 높이 박혀 있는 쇠사슬을 모두 끊어버렸다.

몸이 자유롭게 된 무간구십구호는 관통됐던 자신의 쇄골을 슥슥 문지르기만 할 뿐, 놀라지도, 그렇다고 고맙다고 말하지도 않았다.

태무악 또한 가타부타 말없이 바닥에 떨어진 쇠사슬을 주섬주섬 챙기더니 방을 나갔고, 무간구십구호는 비틀거리면서 그 뒤를 따랐다.

광장에 퍼질러 앉아서 술을 마시고 있던 조철악은 태무악과 무간구십구호가 다가오는 것을 보고서도 조금도 표정이 변하지 않으며 물었다.

"그놈은 뭐냐?"

"무간자입니다."

"그래?"

조철악은 가볍게 고개를 끄덕이고는 더 이상 무간구십구호에게 관심을 보이지 않았다.

그런 면에서는 그도 무간자나 다름이 없는 무신경한 의식구조를 갖고 있는 듯했다.

철렁!

"이것으로 형님 칼을 만드십시오."

태무악이 조철악 앞에 쇠사슬을 내려놓으며 말했다. 태무악이 그와 싸우는 과정에서 흑자검으로 그의 대도를 부러뜨렸기 때문에 이것을 보상으로 삼으려는 것이다.

금혈강철이 흑자검에 천강신력을 주입해서야 자를 수 있을 정도로 강하므로, 그것으로 무기를 만들면 꽤 쓸 만할 것이라는 생각이다.

조철악은 쇠사슬을 들어 올려 만지작거리고 이리저리 살피더니 곧 가볍게 놀라는 표정을 지었다.

"이거 금혈강철이 아니냐?"

"그렇습니다."

금혈강철을 단번에 알아본 조철악의 경륜은 과연 대단했다.

무간구십구호에겐 추호도 관심을 보이지 않던 그가 금혈강철 앞에서는 어린아이처럼 좋아하며 입이 함지박처럼 벌어져서 어쩔 줄을 몰라 했다.

"으허헛! 고맙다, 무악아! 이것으로 도를 만들면 정말 근사한 물건이 나오겠다! 허허헛!"

第六十三章
비류(飛流)

大武神
대무신

회명부를 나선 태무악과 조철악은 밤새 달려 태원성에 도착했다.

생전 처음 무간옥을 벗어나 바깥세상에 나온 무간구십구호는 무덤덤한 얼굴로 두 사람의 뒤를 따랐다.

태무악이나 조철악은 무간구십구호를 떼어놓으려고도 하지 않았고, 그렇다고 함께 가자는 말도 하지 않았다.

그런데도 무간구십구호는 온몸에 피 칠을 한 알몸에 맨발로 한마디 말도 없이 태원성까지 따라왔다.

태원성에 들어가기 전에 성 옆으로 흐르는 분수 강가에 태무악과 조철악이 잠시 멈춰서 앞으로의 일에 대해서 대화를 나누는 사이에 무간구십구호는 강물로 풍덩 뛰어들더니 태연하게 몸을 닦았다.

두 사람이 대화가 끝났을 때를 맞춰 무간구십구호는 음경을 덜렁거리면서 강에서 나왔다.

그런데 무심코 그를 쳐다보던 조철악이 가볍게 눈살을 찌푸리며 물었다.

"아프지 않느냐?"

무간구십구호는 멀뚱한 얼굴로 반문했다.

"아파야 하느냐?"

"…냐?"

무간자는 존대를 모른다. 조철악은 대충 그럴 것이라고 짐작을 하면서도 기분이 좋지는 않았다.

무간구십구호는 호리호리한 체구에 제법 큰 키다. 보통 체구보다는 약간 말랐으나 온통 근육으로 단단하게 이루어진 강단있는 체격이다.

갸름한 윤곽의 얼굴은 미남 축에 속했다. 날카롭게 찢어진 눈과 얄팍하면서도 파리한 입술 때문에 냉혹하면서도 조소 어린 인상을 풍겼다.

그런데 그의 온몸이 그야말로 만신창이였다. 조금 과장한다면, 바늘 하나 꽂을 자리가 없을 정도로 온몸이 찔리고 베이고 살점이 떨어져 나간 처참한 몰골이다. 멀쩡한 부위는 얼굴뿐이다.

머리도 상처투성이고 여기저기 한 움큼씩 머리카락이 빠진 모습이다.

그가 두 다리로 버젓이 서 있지 않았다면 누가 보든 시체로 여겼을 것이다.

그만큼 처참한 몰골이었다. 오죽하면 무신경인 조철악이 아프지 않느냐고 물어봤겠는가.

무간구십구호는 아픈데도 억지로 참고 있는 모습이 아니라 정말 조금도 아프지 않은 것 같았다. 무간옥에서 당한 것에 비하면 이것은 약과다. 조철악도 그것을 유추하고는 입을 다물었다.

다만 그 모습을 보고 조철악은 약간 질렸다는 듯한 표정으로 태무악을 쳐다보았다.

"무악, 너도 저러냐?"

"무간자들은 다 같습니다."

"에구……."

갑자기 조철악은 태무악이 불쌍하다는 생각이 울컥 들어 자신도 모르게 신음을 흘렸다.

태무악은 무간구십구호를 쳐다보았다. 이른 아침이라고는 하지만 저 모습으로 성내에 들어갈 수는 없다.

그보다도 온몸 수백 군데 상처에서 아직도 피가 줄줄 흐르
고 있어서 방금 씻은 몸이 금세 피범벅이 되었다.

모른 체하기는 이미 늦었다. 그럴 것 같았으면 회명부에서
아예 구해주지 않았을 것이다.

"이리 와라."

그는 강가 어느 커다란 바위 아래로 걸어가며 무간구십구호
에게 말했다.

무간구십구호는 군말없이 뒤따라왔다.

"누워라."

바위 앞에 멈춘 태무악이 턱짓을 하자 무간구십구호는 바위
아래 누런 풀 위에 털썩 주저앉더니 길게 누웠다. 왜 누우라고
하는 것인지 묻지도 않았다.

태무악은 그의 옆에 앉아서 일단 목과 어깨 부위부터 지혈
을 하기 시작했다.

그러자 무간구십구호가 눈에 띄게 몸을 움찔 떨었다. 그는
누운 채 눈동자를 이리저리 굴리면서 무엇을 찾아내려는 듯
태무악의 얼굴을 살폈다.

그의 얼굴에는 '도대체 무엇 때문에 이러느냐?' 는 표정이
역력히 떠올랐다.

무간자들의 여러 특성 중 하나가 '나 하나밖에 모른다' 라는
것이다.

아니, 어떤 경우에는 나 자신조차도 귀찮아서 신경 쓰지 않는 경우가 비일비재하다.

그러므로 자신이 타인에게, 그리고 타인이 자신에게 호의를 베푸는 것을 경험한 사람은 아무도 없다.

그런데 태무악이 아무 말 없이 무간구십구호의 상처를 지혈해 주고 있으니 그가 어찌 당황하지 않겠는가.

'무간백구호가 나를 치료해 주고 있다. 어째서……?

문득 무간구십구호는 다른 생각이 떠올랐다. 태무악의 도움이 없었으면 자신은 아직도 회명부에 갇혀 있었을 것이라는 사실이다.

태무악이 치료를 해주는 '도움'을 베풀자 전혀 뜻하지도 않게 회명부에서 구함을 받은 '도움'이 생각난 것이다.

그때는 아무런 느낌도 없었는데, 지금 생각해 보니 그것은 도움이었다.

그리고 지금은 치료를 받는 도움을 받고 있다. 그래서 무간구십구호의 표정이 복잡해졌다.

난생처음 '도움'이라는 것을 받으면서, 아니, 인지하면서 그것에 대한 생경함에 머리가 혼란스러웠다.

태무악은 무간구십구호를 뒤집어 몸 뒤쪽도 지혈을 하고, 이어서 오화신경으로 오행지기를 일으켜 두 손바닥에 모아 진기를 조금씩 뿜으면서 상처를 쓰다듬으며 치료했다.

그리고 마지막으로 상처에 골고루 금창약을 발라주고 난 후 몸을 일으켰다.

그사이에 한 시진이 훌쩍 지나갔다. 그가 치료하는 동안 조철악은 약간 떨어진 곳에서 물끄러미 바라보기만 할 뿐, 참견을 하지 않았다.

사실 태무악이 무간구십구호를 치료해 준 것에는 별다른 뜻이 없다.

자신도 그렇게 다쳐 본 적이 셀 수도 없을 만큼 많았기 때문에 어떤 동질감 같은 것을 느꼈다.

무간자 시절에는 심하게 다쳐도 아픈 것을 느끼지 못했다. 그러나 삼 년이라는 세월이 흐른 지금은 작은 상처만 생겨도 아픔을 느낀다.

아픔을 참지 못하는 것이 아니라 그저 아픔을 느끼게 됐다는 것이다.

비단 그것뿐만이 아니라 배고픔이라든지, 술이 마시고 싶다는 육체적인 욕구를 비롯하여, 복수심이나 은혜, 가족적인 훈훈함 같은 감정적인 마음도 어느 정도 생긴 상태다.

그렇기 때문에 그가 무간구십구호를 치료해 준 정확한 이유를 그 자신은 모르고 있지만, 실은 다분히 인간적인 감정에서 염려하는 마음이 근본이 된 것이다.

그러나 무간구십구호는 여전히 태무악의 호의를 이해하지

못하겠다는 복잡한 표정을 지으면서 멀어지고 있는 그의 뒷모습을 응시했다.

지금은 아무리 자세히 설명해 줘도 무간구십구호를 이해시킬 방법이 없다.

모든 것은 시간이 해결해 줄 터이다.

태무악이 그랬던 것처럼.

성문을 통과하는 것이 귀찮은 세 사람은 성문에서 보이지 않는 구부러진 쪽의 성벽을 날아 넘었다.

성벽을 넘자마자 태무악이 근처 빨래가 널려 있는 어느 집을 턱으로 가리키며 무간구십구호에게 일러주었다.

"아무 옷이나 입어라."

무간구십구호는 거침없이 그 집의 담을 넘어 들어가 남자 옷으로 보이는 옷을 한 벌 걷어서 입고 나왔다.

만약 그때 누군가 그 집 식구가 발견했더라면 그는 가차없이 그 사람을 죽였을 것이다. 하지만 다행히 아무도 나오지 않았다.

그가 입은 옷은 경장이 아니라 일반 백성들의 허름한 남자의 옷이고, 또 큰 탓에 마른 체구인 무간구십구호가 입자 몹시 헐렁했다.

세 사람은 성벽을 따라 뻗어 있는 골목을 걸어나가 대로에 이르렀다.

무간구십구호는 막대기처럼 꼿꼿하게 걷는 특이한 걸음걸이로 맨 뒤에서 휘적휘적 따라왔다.

선두에서 대로로 나선 태무악이 고개를 돌려 성내를 쳐다보았다.

그러자 무심코 그의 옆얼굴을 본 무간구십구호가 가볍게 움찔하며 얼굴이 굳어지는가 싶더니, 즉시 태무악에게 극마벽 일장을 발출했다.

큐웅!

극마벽 특유의 음향이 짧게 허공을 울리는가 싶은 순간 이미 장력은 태무악의 몸 두 자 거리에 이르렀다.

스으…….

그러나 다음 순간 태무악의 모습이 감쪽같이 사라지고 극마벽은 허공을 때렸다.

"경거망동하지 마라."

다음 순간 느닷없이 자신의 뒤에서 조용한 목소리가 들려오자마자 무간구십구호는 번개같이 몸을 회전시키면서 목소리가 들려온 곳을 향해 재차 극마벽을 발출했다.

위험을 느끼기만 하면 무조건 공격하고 보는 것이 무간자들의 습성이다.

그러나 무간십구호는 극마벽을 발출하지 못했다. 발출 직전에 그의 손목이 누군가에게 억세게 움켜잡혔기 때문이다.

결코 표정의 변화가 없을 것 같던 무간구십구호의 얼굴이 가벼운 놀라움으로 살짝 물들었다. 지금처럼 놀라는 것은 그의 평생에 서너 차례에 불과할 것이다.

그는 방금 전 목소리가 태무악의 것이며, 그의 얼굴이 전혀 다른 사람으로 변해 있고, 또한 자신이 두 차례나 발출한 극마벽을 한 번은 피하고 두 번째는 너무도 간단하게 봉쇄했다는 사실들 때문에 적잖이 놀란 것이다.

"너… 변체환용비술을 익혔느냐?"

태무악이 손목을 놓자 무간구십구호가 억양없는 목소리로 중얼거리듯이 물었다.

그는 변체환용비술이라는 수법이 있다는 사실은 알고 있지만 배운 적이 없다. 가볍게 놀랐던 그의 표정은 원래로 되돌아와 있었다.

태무악은 보일 듯 말 듯 고개를 끄덕이고는 멀지 않은 곳의 성문 쪽을 살폈다.

방금 전의 작은 소란을 성문의 포졸들이 눈치채지 않았나 싶어서이다.

그러나 포졸들은 성문을 통과하는 사람들을 검문하느라 여념이 없을 뿐, 이쪽은 신경도 쓰지 않았다.

이윽고 태무악은 성내 쪽으로 걸음을 옮겼다.

　방금 그 일이 있기 전까지만 해도 무간구십구호는 자신의 무공이 태무악보다는 한 수 위라고 생각했다. 그의 극마벽은 칠성 수준이다.

　그것은 무간옥 최고 수준인데 태무악에게는 아무런 위협도 되지 못한 것이다.

　그래서 그는 지금은 오히려 태무악이 자신보다 두어 수 위라고 판단을 수정했다.

　무간자들처럼 예리한 안목을 갖고 있으면 상대의 무공을 파악하기 위해서 굳이 힘들여서 싸움을 벌일 필요가 없다. 방금 전의 그 한 수만으로도 충분히 알 수 있다.

　무간구십구호는 태무악이 무엇 때문에 얼굴을 바꿨는지 묻지 않았다.

　그럴 이유가 있을 것이라고 생각하는 것이 아니라 아예 관심이 없기 때문이다.

　태무악은 일찍 문을 연 신발 가게에 들어가서 발목까지 오는 가죽신 하나를 사서 무간구십구호에게 신겼다.

　무간옥에 있을 때부터 남달리 물욕만큼은 많았던 무간구십구호는 걸으면서도 반짝이는 검은색 가죽 신발을 신기한 듯 자꾸 내려다보았다.

　하늘이 무너져도 눈 하나 까딱하지 않을 그가 신발 하나에 관심을 보이고 있다.

태원성 내에서도 가장 복잡한 번화가의 주루 이층 창가 자리에 태무악 일행 세 사람이 앉아 있다.

태무악과 조철악이 나란히, 그리고 맞은편에 무간구십구호가 앉았다.

태무악과 조철악은 입을 굳게 다문 채 침묵을 지켰고, 바깥세상에 처음 나온 무간구십구호는 시선을 창밖 거리에 둔 채 꼼짝도 하지 않고 구경을 했다.

그렇다고 두리번거리지도, 눈동자를 이리저리 굴리지도 않았다. 그는 호들갑스러운 성격이 아니다.

더구나 아침이 되면서 사람들의 왕래가 많아졌기 때문에 굳이 두리번거릴 필요 없이 한곳에 시선을 주고 있으면 여러 종류의 사람과 물건들을 구경할 수가 있다.

어쩌면 그는 '이것이 바깥세상인가?' 하고 생각하고 있을지도 모른다.

점소이가 탁자에 주문한 요리를 늘어놓아 구수한 냄새가 풍기자 무간구십구호는 힐끗 시선을 한차례 주었을 뿐, 다시 거리로 시선을 던졌다.

무간옥이나 회명부에서 거의 짐승이나 먹을 음식만을 먹었을 텐데도 바깥세상의 향기로운 요리에는 관심조차 보이지 않았다.

　바깥세상이 아니라고 해도 맛있는 요리에는 별다른 흥미를 느끼지 못하는 것이 무간자들이다. 너무 오랫동안 극악한 먹을거리에 길들여졌기 때문이다.

　태무악과 조철악은 약속이나 한 듯이 비싸거나 맛있는 요리를 시키지 않았다.

　그저 푹 삶은 돼지고기 한 접시와 계탕면 세 그릇을 시켰을 뿐이다.

　이들 세 사람의 많지 않은 공통점 중 하나가 식탐이 없다는 사실이다.

　태무악과 조철악은 묵묵히 계탕면을 먹으면서 이따금 돼지고기를 한 점씩 집어 입에 넣고 있는데, 무간구십구호는 석상이 된 듯 창밖 거리에 시선을 준 채 움직이지 않았다.

　모르긴 해도 그는 지금 보고 있는 것들을 머릿속에 집어넣고 분석하느라 정신이 없을 것이다.

　그런데도 태무악과 조철악은 그에게 먹으라는 말을 하지 않았다.

　역시 무관심이다. 배가 고프면 먹을 것이다. 그러나 지금은 허기보다는 바깥세상에 대한 호기심이 더 클 터이다. 겉으로 표현은 하지 않아도 지금 그의 머릿속에서는 아마도 우레 소리가 터지고 있을 것이다.

　그때 누군가 계단을 올라오는 발자국 소리가 나더니, 곧 단유랑이 이층에 모습을 나타냈다.

이층에는 태무악 일행뿐이었으므로 단유랑은 곧장 그에게 성큼성큼 걸어오는데, 시선은 태무악에게 고정되었고 얼굴에는 반가운 기색이 역력했다.

태무악은 홍랑의 아버지 구당림의 얼굴로 변신을 한 상태지만, 단유랑은 예전에 그 얼굴을 몇 차례 봤기 때문에 즉시 태무악이라는 것을 알아본 것이다.

탁자 가까이 다가온 단유랑은 조철악에게 정중한 자세로 포권을 했다.

그러나 상대가 누군지 모르기 때문에 자신의 소개는 하지 않는 주의를 기울였다.

단유랑은 창밖을 내다보고 있는 무간구십구호가 보든지 말든지 그에게도 가볍게 포권을 한 후 태무악을 보며 반가운 미소를 지었다.

"태 형, 식사를 다 하셨으면 자리를 옮기시지요."

태무악이 젓가락을 내려놓자 단유랑은 말을 이었다.

"이곳에 비류문이라는 문파가 저와 친분이 있습니다. 그곳이라면 여러모로 편리할 것입니다."

태무악은 고개를 끄덕이고 일어섰다. 조철악이 아직 식사 중이었으나 태무악은 기다려야 한다는 배려를 아직 배우지도, 깨닫지도 못했다.

조철악은 젓가락을 놓고 즉시 따라 일어섰다. 태무악의 그런 행동을 이해하는 것이 아니라, 그따위 자질구레한 예절은 개의치 않는 성격이기 때문이다.

아무도 따라오라는 말을 하지 않았으나 무간구십구호는 즉시 자리에서 일어나 일행을 따라나섰다. 그는 아침식사는 입에도 대지 않은 상태였다.

단유랑은 생전 처음 보는 조철악과 무간구십구호에 대해서, 아니, 그보다 회명부에 갔던 일이 어떻게 됐는지 궁금했으나 아무 말도 하지 않았다.

며칠 동안 태무악과 생활을 하는 동안에 그의 성격에 대해서 꽤 많은 것을 알게 되었기 때문이다. 태무악이 물이라면, 단유랑은 바싹 바른 모래다.

단유랑은 이십오 세라는 젊은 나이에 걸맞지 않게 생각은 깊은 강물 같고, 움직임은 산악처럼 굳건하며, 일단 행동하면 불길처럼 거센 사람이다.

단유랑이 선두에서 안내를 하고 그 뒤를 태무악과 조철악이 따랐으며, 무간구십구호는 느긋하게 주위를 살피면서 맨 뒤에서 대로를 걸어갔다.

태무악은 얼굴을 구당림으로 변신한 모습이라서 걱정이 없었으나 한련초를 우려낸 물로 염색을 한 머리의 검정색이 많

이 탈색되어 반백의 머리가 되어 있는 것이 조금 신경에 쓰였
다.

그렇지만 지금은 염색을 다시 할 수 있을 만큼 여유있는 상
황이 아니었다.

회명부가 거의 초토가 되다시피 했으나 태원성 내에는 그것
에 대한 아무런 소문도 나돌지 않았다.

하긴 대다수의 무림인들이 회명부라는 조직이 있는지도 모
르는데 그런 소문이 나돌 리 만무했다. 나돈들 그게 무엇인지
알겠는가.

번화가와는 동떨어진 대로 양편에 장원들이 처마를 맞대고
늘어서 있는 깨끗하고 한적한 거리 끄트머리에 비류문은 위치
해 있었다.

비류문은 겉보기에는 다른 장원들보다 두세 배 클 뿐, 별다
른 특징은 없었다.

아담한 풍치에 휩싸여 있는 광경이 문주의 성품을 대변하고
있는 듯했다.

태무악은 전문 앞에서 변체환용비술을 풀어 구당림에서 본
래의 모습으로 돌아왔다.

단유랑이 미리 말을 해두었는지 그가 비류문 전문의 문을
가볍게 세 번 두드리자 즉시 전문이 활짝 열렸다.

"드시지요."

단유랑은 옆으로 물러나서 태무악에게 먼저 들어가라고 예의를 갖추었다.

그는 체면을 중시 여기지는 않지만 명예는 목숨처럼 여기는 사람이다.

그래서 존경하는 인물에게 진심에서 우러난 예의를 갖추는 것은 체면을 구기는 일이 아니라고 생각했다.

태무악을 필두로 일행은 전문 안으로 차례로 들어갔다.

전문 안에는 단 세 사람만이 나란히 서서 태무악 일행을 맞이했다. 그들은 이남일녀로, 비류문주와 그의 자식들이었다.

이 정도 문파라면 최소한 이삼백 명의 제자들이 있을 텐데도 문주 가족이 직접 마중을 나온 것을 보면 두 가지 사실을 짐작할 수 있었다.

태무악 일행이 찾아오는 것을 문주 가족만 알고 있다는 것과 문주 가족에게 태무악 일행을 마중하는 일이 매우 중대하다는 사실이다.

오십대 중반인 초로의 비류문주는 태원성 일대에서는 덕망 높은 호인으로 정평이 나 있는 인물이다.

머리에는 상투를 묶었으며, 어깨에는 한 자루 고색창연한 청강검을 메고, 둥근 얼굴에 잔잔한 눈빛, 뭉툭한 코와 두툼한 입, 반 뼘가량의 검은 수염 등은 호인이라는 평의 그의 명성과 걸맞았다.

좌우에는 당당한 체구의 이십칠팔 세가량의 청년과 이십삼 사 세가량의 여자가 부친을 호위하듯 서 있었다.

호부 아래에 견자(犬子)가 없다더니, 아들과 딸은 아비의 기상을 그대로 물려받은 외모며 기개를 지니고 있었다.

특히 딸은 버드나무처럼 수려한 외모에 서글서글한 눈매와 늘씬한 체구였으며, 이날까지 한 번도 나쁜 짓 따위는 해보지 않은 듯한 정갈하고 반듯한 외모를 지녔다.

단유랑은 비류문주 일행에게 두루 포권을 해 보였다. 마지막에 딸에게 시선이 멈추었을 때, 그의 눈빛이 부드럽게 변한 것을 발견한 사람은 조철악 한 사람뿐이다.

"누추한 곳에 잘 오셨소. 불초는 유화곤(劉和坤)이라고 하오. 내 집처럼 편히 계시기 바라오."

비류문주인 비류검 유화곤은 정중하게 포권을 하며 말하고 나서 태무악 일행을 차례로 둘러보다가 조철악에게 시선이 멈추며 흠칫 안색이 변했다.

그는 섬서성 밖을 벗어난 적이 두 번에 불과하지만 많은 사람들을 접하기 때문에 간접적인 경륜은 풍부하다. 그래서 어렵지 않게 조철악의 신분을 알아볼 수 있었다.

'혈신마가……'

유화곤이 산서성에서 제법 명성이 알려졌다고는 하지만 혈신마에 비할 바가 아니다.

유화곤에게 산서무림이 본바닥이라면, 혈신마는 천하무림을 주름잡는 거목이다.

말 그대로 그 이름만 들어도 공포에 질린다는 살인마 혈신마가 아닌가.

며칠 전에 느닷없이 단유랑이 비류문에 찾아와서 도움을 청할 때에는 단지 누이동생 단예와 강탁, 그리고 한 명의 청년 영웅과 함께 왔다고만 간단하게 설명을 했다.

자신들이 무슨 목적으로 중원에서 멀리 떨어진 태원성까지 왔으며, 청년 영웅이라는 사람이 어떤 인물인지에 대해서도 일언반구 말하지 않았다.

그런데 지금 단유랑이 말하지 않은 두 사람이 더 찾아온 것이다.

하지만 유화곤 가족은 단유랑이 말하던 청년 영웅이 태무악일 것이라고 한눈에 알아보았다.

일단 조철악은 청년이 아니고, 무간구십구호는 그런 분위기의 인물이 아니기 때문이다.

태무악을 비롯한 일행은 아무 말도 하지 않았다. 단지 태무악이 포권도 하지 않은 자세로 꼿꼿하게 서서 유화곤을 주시하고 있을 뿐이다.

그런 그의 모습을 자주 봐온 단유랑은 이해하지만 유화곤 가족에게까지 이해하라고 하는 것은 무리다.

단유랑은 다만 그들의 인내심에 희망을 걸며 서둘러 태무악 일행을 안으로 안내했다.

단유랑은 태무악 일행을 거처로 안내한 후 유화곤 가족과 탁자에 둘러앉았다.

그는 지난 며칠 동안 유화곤의 자식들, 즉 아들 유림(劉林)과 딸 유청(劉淸), 셋이서 비밀리에 대승방에 대해서 알아보고 다녔다.

문주 유화곤에게는 자신들이 무엇을 하고 다니는지 구태여 말하지 않았으나, 유화곤은 단유랑 등이 뭔가 중요한 일을 하고 있을 것이라는 짐작 정도는 하고 있었다.

"그에 대해서 말씀드리겠습니다."

단유랑이 따라놓은 차도 마시지 않은 채 단정한 자세로 꼿꼿하게 앉아 긴장된 표정으로 입을 열었다.

그가 원래 단정한 사람이기는 하지만 지금처럼 긴장된 표정을 하는 것을 유화곤 가족은 처음 보았다.

그래서 그가 지금부터 설명하려는 태무악이라는 사람이 과연 얼마나 대단한가 싶어 아연 긴장이 됐다.

단유랑은 세 사람을 차례로 쳐다보았다. 마치 이제 들을 준비가 됐나 확인하는 듯했다.

이윽고 그의 입에서 태무악에 대한 설명이 흘러나왔다.

"사실 그는 신풍혈수입니다."

구태여 길게 말할 필요가 없다. '신풍혈수'라는 별호 하나면 태무악에 대한 설명으로 부족함이 없다.

좌중에 무거운 침묵이 흘렀다. 그와는 달리 유화곤 가족의 얼굴에는 더할 수 없는 경악이 떠올랐다.

아니, 태무악에 대해서 길게 설명하지 않으려던 단유랑은 부득이 북경성에서의 태무악의 활약상에 대해서 부언하지 않을 수가 없었다.

왜냐하면, 그래야지만 태무악과 단유랑 등이 산서성에 온 목적을 설명하기 쉬울 테니까 말이다.

북경성 통천군림보 내에 있던 백호위사와 백호고수들을 깡그리 죽인 일.

주작사자 휘하의 보연궁을 습격하여 보연호궁사 이십 명을 비롯하여 산배오십여 명의 보연고수들을 전멸시킨 일.

현무사위를 제압하여 그로 하여금 현무사자를 암살하게 했으나 실패, 현무사자에게 중상을 입힌 일.

그리고 무엇보다도 중요한 청룡사자를 직접 죽인 일을 끝으로 설명을 맺었다.

단유랑이 구태여 이런 설명을 하는 이유는, 지금 태무악이 하고 있는 과업을 비류문이 더욱 열성적으로 협조해 달라는 의미였다.

조금 전보다 더 무겁고 긴 침묵이 흘렀다. 단유랑은 그들이 먼저 말을 꺼내기를 기다렸지만 반 각이 지나도록 아무도 입을 열지 않았다.

그만큼 충격이 큰 것이다. 아마도 세 사람은 지금 머릿속으로 수많은 생각을 하고 있을 것이다.

"신풍혈수가 굉장한 인물이라는 소문은 들었지만… 이것은 정말 어마어마하군."

한참 만에야 유림이 꿈을 꾸는 듯한 표정과 목소리로 겨우 말문을 열었다.

말은 하지 않았으나 유화곤과 유청도 같은 말을 하고 싶었을 것이다.

그러나 그늘은 단유랑에게 방금 들은 말들이 사실이냐고는 묻지 않았다.

그가 거짓말을 할 사람이 절대 아니라는 사실을 잘 알고 있기 때문이다.

신풍혈수를 잡아들이라고 삼 년 전에 이어서 천존이 직접 두 번째 대천색령을 내렸다.

대천색령은 이날까지 단 두 번 발동됐는데, 두 번 다 신풍혈수를 잡기 위해서다.

그럼에도 불구하고 신풍혈수는 결코 잡히지 않았으며, 삼 년 전에도 수백 명을 죽여 살성(殺星)으로 이름을 떨치더니, 삼 년 후인 지금 다시 출현하여 대천색령을 비웃기라도 하듯이 종횡무진 천중신군을 헤집어놓고 있는 것이다.

그것도 천중신군을 북경성 안으로 유인하여 그 한복판에서 마음껏 유린, 농락했다.

유림의 환호에 단유랑은 말없이 고개만 끄덕였다. 더 이상 신풍혈수에 대해서 설명하는 것은 사족이기 때문이다.

"신풍혈수가 세 분을 만나겠다고 하셨습니다."

대신 그렇게 말하자 유화곤 가족은 죄를 지은 것도 없는데 괜히 가슴이 철렁 내려앉는 것을 느꼈다.

또다시 침묵이 찾아왔다. 조금 전하고는 다른 의미의 침묵이다. 한참이 지나도록 신풍혈수를 만나겠다고 일어서는 사람은 아무도 없었다.

신풍혈수가 악의를 갖고 찾아온 것이 아니라고 짐작은 하면서도, 너무 엄청난 인물이라서 도무지 만날 엄두가 나지 않는 것이다.

태원성을 대표하는 거목 중 한 명인 유화곤이라고 해도 예외가 아니었다.

오랫동안 아무도 이렇다 할 말이 없자 유청이 서글서글한 봉목으로 단유랑을 바라보며 고즈넉이 물었다.

"신풍혈수가 무슨 목적으로 태원성에 온 건가요? 혹시 지난 며칠 동안 유랑 오라버니와 대승방을 염탐한 일이 그 사람의 뜻이었나요?”

단유랑은 고개를 끄덕였다.

“그래, 청 매.”

평소 같으면 마음에 두고 있는 유청의 물음에 미소를 지으면서 대답을 했겠지만 단유랑은 매우 진지한 표정을 견지하고 있었다.

“대숭방을 어쩌려는 거죠?”

비류문의 잡다한 일은 유청이 거의 모두 처리한다. 그만큼 총명하다는 뜻이다.

단유랑은 거두절미하고 본론을 털어놓았다.

“대숭방주인 패곤황 좌겸이 태상사사자 중에 현무사자야. 그래서 태 형은 대숭방을 괴멸시키려는 거야.”

“……”

또다시 경악이 실내를 휘몰아쳤다.

“그, 그게 정말인가?”

단유랑이 거짓말을 하지 않는다는 사실을 알면서도 이번만큼은 유림은 그렇게 묻지 않을 수가 없었다.

“유 형, 태 형이 현무사자를 제압하여 직접 알아낸 사실이오.”

“맙소사……”

단유랑은 이제 곧 자신이 더 엄청난 사건을 말해야 한다는 사실 때문에 부담을 갖고 있었다.

그렇지 않아도 천장 높은 줄 모르게 놀라고 있는 이 세 사람을 더 놀라게 하는 것이 미안하다는 생각이 들었다.

"사실……."

그가 다시 말문을 떼자 세 사람은 더욱 긴장하여 숨을 멈추며 그를 주시했다.

또 얼마나 엄청난 사실을 터뜨릴까 부지중에 아연 긴장을 한 것이다.

"우리 네 사람은 이곳에 함께 왔는데 태 형은 회명부로, 누이동생 예와 강 형은 귀촉루로 갔습니다."

유화곤 가족의 얼굴이 새하얗게 질리는 것을 보면서 단유랑은 자신들이 이곳에 온, 아니, 태무악의 목적을 상세히 설명해 주었다.

그로부터 반 시진 후에야 단유랑은 놀라움을 간신히 가라앉힌 유화곤 가족을 이끌고 태무악에게 갈 수 있었다.

第六十四章

유청(劉清)

대무신
大武神

평소에 유화곤은 어느 누구 앞에서도 당당하다고 알려져 있었다. 설혹 산서성의 패자인 대승방주 패곤황 좌겸과 마주해도 전혀 기죽지 않는 그였다.

그런 그가 태무악이 있는 방에 들어와서는 의자에 앉지도 못하고 한쪽에 우두커니 서 있기만 할 뿐이다.

그가 그러니 유림과 유청은 여북하겠는가. 두 사람은 부친 좌우에 서서 조심스럽게 태무악의 모습을 살피는 것만으로도 온몸에서 땀이 바작바작 솟았다.

탁자에는 태무악과 조철악이 나란히 앉아 있고, 태무악 옆에는 단유랑이 꼿꼿한 자세로 서 있었다.

무간구십구호는 다른 방에서 쉬고 있었다. 이 자리에 있을 필요가 없기 때문이다.

사실 유화곤은 태무악이 아니라 조철악 때문에 극도로 긴장을 하고 있는 것이다.

유화곤은 천존의 실체에 대해서 어느 정도는 알고 있고, 그래서 천추부림의 일원이 되었다.

그렇기 때문에 신풍혈수를 쌍수를 들어 반기면 모를까, 두려워하지는 않는다.

유화곤에게는 신풍혈수가 당금 무림 최고의 영웅이다. 그가 자신의 문파에 찾아왔으니 얼마나 기쁜 일인가.

하지만 혈신마가 무엇 때문에 신풍혈수와 함께 있는지 아무리 생각해도 답이 나오지 않았다.

혈신마는 선(善)이나 정의, 협의하고는 거리가 먼 인물이다. 그를 한마디로 평가한다면 단지 '살인마' 다.

지금 유화곤 앞에 영웅과 살인마가 나란히 앉아 있는 것이다. 그 사실이 유화곤을 얼어붙게 만들고 있었다.

혈신마 조철악의 정체를 모르고 있는 단유랑과 유림, 유청 세 사람은 유화곤이 평소와는 다른 모습을 보이고 있어서 매우 의아하게 생각하고 있는 중이었다.

"선배님, 앉으십시오."

기다리고 있던 단유랑이 할 수 없이 침묵을 깨고 유화곤에게 맞은편 자리를 권했다.

"음!"

유화곤은 이윽고 자신에게 용기를 불어넣듯이 묵직하게 헛기침을 하고는 태무악과 조철악의 맞은편에 앉았다.

만약 조철악 혼자 찾아왔다면 오늘 비류문은 이유야 어떻든 간에 불문곡직 멸문을 당할 것이다.

그러나 그 옆에 신풍혈수가 함께 있다는 사실이 유화곤을 어느 정도 안심시켰다.

오늘 느닷없이 비류문에 찾아온 것이 복일지 화일는지는 뚜껑을 열어봐야만 안다.

유림과 유청이 부친의 뒤로 양옆에 나란히 서자 단유랑이 유화곤에게 태무악을 소개했다.

"선배님, 이분이 신풍혈수 소협입니다."

'대협' 이라고 해도 모자랄 판에 단유랑은 태무악을 '소협' 이라고 소개했다.

그것이 그의 성품이다. 태무악이 아무리 명성이 높아도 무림의 존장(尊長) 앞에서는 자신을 낮춰야 한다는 것이 그의 주장이다.

그렇게 낮춘다고 해서 명예나 인품이 추락하는 것이 아니라고 믿고 있기 때문이다.

“태무악이오.”

태무악은 가볍게 고개를 숙였다가 들었다.

그러자 유림과 유청의 얼굴에 설핏 불쾌한 기색이 떠올랐다가 사라졌다.

신풍혈수가 아무리 유명한 존재라고 해도 새파란 나이인데 존장 앞에서 너무 건방진 태도를 보이고 있기 때문이다.

하지만 유화곤은 개의치 않았다. 그것이 중요한 것이 아니기 때문이다.

“유화곤이오.”

유화곤은 아까 전문 앞에서 자신을 소개한 것에 이어 두 번째로 자신의 이름을 밝혔다.

“너희도 소협에게 인사를 드려라.”

유화곤이 이르자 유림과 유청이 포권을 하면서 약간 고개를 숙였다.

“유림이오.”

“유청이에요.”

신풍혈수라는 굉장한 명성 앞에서 기가 질렸던 두 사람은 그의 건방진 태도에 크게 실망하는 것과 동시에 존경심마저도 사라져서 그냥 대충 인사를 했다.

단유랑은 두 사람의 의중을 눈치챘으나 내색하지 않았다. 대신 넌지시 한마디를 잊지 않았다.

"태 형은 삼풍호개 풍 형과 몹시 친하다오. 나도 풍 형을 통해서 태 형을 만났소."

과연 그 말은 큰 효과를 나타냈다. 대저 삼풍호개가 누군가. 개방의 소방주이며, 무림의 후기지수들이 인정하는 호걸 중의 호걸이 아닌가.

더구나 삼풍호개는 천추십룡의 한 사람이며, 여기에 있는 유림과 유청도 천추십룡 중 두 사람이다.

무림에서 삼풍호개를 싫어하는 사람은 별로 없다. 그가 무골호인이기 때문이다.

그렇지만 실상 삼풍호개가 싫어하는 인물들은 아주 많다. 그 이유는 그가 진짜 속이 꽉 찬 청년 영웅이기 때문이다.

그런 삼풍호개의 진면목을 알고 있는 사람은 극소수에 불과하다. 물론 삼풍호개를 제외한 천추구룡도 거기에 속한다.

그런데 태무악이 삼풍호개와 몹시 친하다는 것이다. 그렇다면 두말할 것도 없다.

단유랑의 그 말에 새삼스러운 시선으로 태무악을 바라보는 유림과 유청의 얼굴에 친밀감이 떠올랐다.

"제가 선배님께 태 형의 계획을 설명해 드렸습니다."

단유랑이 태무악에게 설명했다.

"비류문은 천추부림의 일원입니다."

그러니까 안심하라는 뜻이다.

하지만 태무악은 개의치 않았다. 자신은 비류문을 잠시 거쳐서 가는 것, 이용하는 것뿐이라고 생각하기 때문이다.

그러므로 유화곤이 천추부림의 일원이든 아니든 상관이 없다. 현재로선 대승방을 전멸시키는 일에 그의 도움이 약간 필요한 정도다.

단유랑이 계속 궁금하게 여기고 있던 것을 태무악에게 조심스레 물었다.

"그런데… 회명부에 가신 일은 어떻게 됐습니까? 위치를 확인했습니까?"

태무악은 억양없는 목소리로 짧게 대답했다.

"그곳에 있는 놈들을 다 죽였다."

순간 단유랑과 유화곤, 유림, 유청의 얼굴에 경악지색이 가득 떠올랐다.

네 사람은 입이 얼어붙은 듯 한동안 아무 말도 하지 못하면서 태무악이 한 말을 머릿속으로 해석하느라 분주했다.

유화곤과 유림, 유청 남매는 회명부가 산서성 관제산에 있다는 말을 조금 전에야 단유랑에게서 처음 듣게 되어 그것만으로도 크게 놀랐었다.

그리고 신풍혈수가 단신으로 회명부에 쳐들어갔다는 말을 듣고는 아연실색하고 말았다.

그렇지만 아무리 신풍혈수라고 해도 단신으로는 회명부를

어쩌지는 못했을 것이라고 단언했다.

그리고 보다시피 실제로 신풍혈수는 터럭만 한 상처도 입지 않은 채 버젓이 나타났다.

회명부에서 싸움이 벌어졌다면 있을 수 없는 일이다. 회명부에 쳐들어갔다가 어찌 상처 하나 입지 않고 돌아올 수 있겠는가.

단유랑의 생각도 유화곤 가족과 크게 다르지 않았다. 그는 태무악이 멀쩡하게 나타난 것을 보고 그가 단지 회명부의 위치만 파악하고 돌아온 것이라고 여겼다. 그래서 방금 전에 '위치를 확인했습니까? 라고 물은 것이다.

그런데 맙소사, 태무악은 회명부에 있는 자들을 다 죽이고 왔다고 태연하게 말하지 않는가.

단유랑은 태무악이 거짓말을 하지 않는다는 사실을 며칠 동안의 경험을 통해서 잘 알고 있다.

하지만 태무악이 말을 잘못한 것인지, 자신이 잘못 들은 것인지 확인하지 않을 수가 없다. 방금 들은 말의 내용이 그만큼 엄청난 것이다.

"설마 회명자들을 죽인 것입니까?"

태무악은 무슨 생각을 하는 듯한 표정으로 가볍게 고개를 끄덕였다.

"회명자가 삼십여 명뿐이더군. 그리고 화라선녀가 다섯 명

있기에 그녀들도 죽였다."

단유랑과 유화곤 가족의 표정이 다시 변했다. 이렇게 구체적인 설명까지 듣고서도 믿지 않을 재간이 없다.

유화곤 가족은 신풍혈수에 대한 소문만 들었지, 그에 대해서는 잘 모른다.

그래서 그들은 단유랑을 쳐다보면서 방금 신풍혈수가 한 말을 믿을 수 있느냐는 표정을 지었다. 신풍혈수보다는 단유랑을 더 믿기 때문이다.

단유랑은 그들의 뜻을 알아차리고 보일 듯 말 듯 고개를 끄덕였다. 그러는 그 자신도 놀란 표정이었으나 불신의 표정은 아니다.

무림인들은 거의 모르고 있으나, 천추부림에 속한 사람들은 회명자가 얼마나 무서운 존재인지 잘 알고 있다.

천존에게 거역하거나 눈 밖에 난 인물들, 그리고 무림의 질서와 평화를 어지럽힐 소지가 있는 자들은 지금껏 회명자들에 의해서 제거됐다.

무림에서는 회명자들을 달리 회자수(劊子手)라고도 부른다. 회자수는 군문(軍門)에서 사형 집행만을 담당하는 공포의 존재이다.

회명자들이 얼마나 많은 무림인들을 처단했으면 무림인들이 그들을 사형집행인이라는 뜻의 회자수라고 부르겠는가.

천추부림에서 여러 분야로 조사, 분석한 결과 회명자는 살수 중에서도 특급에 속하는 것으로 드러났다.

아직 싸워본 적은 없지만, 유화곤은 물론이고, 단유랑과 유림, 유청은 자신들이 회명자 한 명의 십초지적도 되지 못할 것이라고 자평하고 있었다.

그런 회명자들을 태무악이 삼십 명이나 죽였다는 것이다. 게다가 그곳에 있는 다섯 명의 화라선녀까지 죽였다고 하니 너무 놀라서 입이 떨어지지 않았다.

그때 태무악이 조철악을 가리키며 조용히 말했다.

"형님께서 도와주셨다."

단지 그 말뿐이다. 조철악이 누구며 어떻게 도와주었다는 설명은 하지 않았다.

태무악은 조철악의 별호가 무엇인지, 무림에서 어떤 위치에 있는지 전혀 모른다.

아니, 알고 있다고 해도 이 자리에서 구구하게 설명하지 않는 것은 마찬가지였을 것이다.

조철악은 태무악이 자신을 '형님'이라고 부르자 자못 의기양양한 표정으로 팔짱을 턱 끼고 있었다.

유화곤은 눈을 조금 크게 뜨고 조철악과 태무악을 번갈아 쳐다보았다.

누가 보더라도 조철악은 유화곤보다도 나이가 많았다. 그런데 자식도 뭣하고 아예 손자뻘인 이십여 세 남짓한 태무악이 '형님' 이라고 부르는데도 흐뭇한 표정으로 좋아 죽겠다는 표정을 짓고 있었다.

그때 조철악이 자신과 태무악을 번갈아 쳐다보면서 놀라는 표정을 짓고 있는 유화곤을 발견했다. 그의 성격상 그냥 넘어갈 리가 없다.

"네놈 표정은 그게 뭐냐? 무악이 내게 형님이라고 부르는 것이 불만이냐?"

그 말에 태무악을 제외한 모두가 화들짝 놀랐다.

유화곤은 자신이 혈신마의 신경을 건드린 것인가 해서, 유림과 유청은 낯선 인물이 부친을 윽박지르기 때문에, 단유랑은 중간에서 조정을 하는 입장에서 놀란 것이다.

유화곤은 즉시 일어나 조철악에게 정중히 포권을 했다.

"결례했다면 용서하시오. 나쁜 뜻은 없었소."

신풍혈수가 있는 자리라서 방금 조철악의 호통을 참고 있었던 유림은 잘못하지도 않은 부친이 사과를 하자 더 이상 견딜 수가 없었다.

"아버님께서 사과하실 일은 없습니다. 사과는 오히려 저분이 해야 합니다."

유림은 조철악을 가리키며 당당하게 말했다.

같은 생각인 누이동생인 유청도 입술을 꼭 깨물고 서늘한 눈빛으로 조철악을 쏘아보고 있었다.

"어린놈의 자식이!"

조철악이 앉은 채 가볍게 인상을 쓰며 슬쩍 손을 치켜들었다. 일수가 발출되면 아무도 막지 못하고 유림은 불귀의 객이 되고 말 것이다.

채앵!

"물러나시오!"

순간 유화곤이 벌떡 일어서면서 어깨의 검을 뽑아 득달같이 조철악을 베어가며 쩌렁하게 외쳤다.

유화곤은 소인배가 아니다. 조철악에게 사과를 한 것은 자신이 결례를 했기 때문이라고 여겼고, 또 작은 일 때문에 대사를 망치지 않으려는 배려인 것이다.

하지만 아들이 위험에 처한 상황에서는 더 이상 예의를 지키고 있을 수가 없었다.

갑작스런 조철악의 공격과 유화곤의 반격에 단유랑과 유림, 유청의 안색이 급변했다.

조철악은 유림에게 뻗던 오른손을 계속 뻗어가면서 일장을 발출하려 하고, 왼손으로는 유화곤을 향해 후려쳐 나갔다.

구우…….

순간적으로 뻗은 쌍수인데도 뿜어지는 공력이 허공을 부르르 격탕시켰다.

그것만 보고도 단유랑과 유림, 유청은 조철악이 절정고수라
는 사실을 깨닫고 또다시 안색이 급변했다.

그리고 유림은 한 가지를 더 깨달았다. 자신의 실수로 자신
과 부친이 화를 당하게 될 것이라는 사실이다. 그러면서 자신
의 경솔함을 후회했다.

"형님, 멈추십시오."

그때 태무악이 조철악을 보며 조용히 말했다.

순간 조철악은 출수할 때보다 더 빠르게 쌍수를 거두었다.
마치 태무악이 그렇게 말할 것이라는 사실을 미리 알고 있던
것 같은 행동이었다.

하지만 그는 그런 생각을 추호도 하지 않았다. 오직 유화곤
과 유림을 쳐 죽이겠다는 생각만 하고 있었다.

반면에 유화곤은 조철악의 머리를 향해 베어가던 검을 미처
회수하지 못했다.

그런데도 조철악은 베려면 베라는 듯 피하지도 않고 그 자
리에 꼿꼿하게 앉아 있었다.

일촉즉발의 순간에도 조철악은 유화곤을 시험해 보고 싶은
마음이 슬쩍 생긴 것이다.

유화곤은 유림을 보호하기 위해서 전력으로 초식을 펼쳤기
때문에 검을 회수하는 것이 불가능하다.

쉬이—

칵!

결국 그가 안간힘을 다해서 검의 방향을 틀어 검이 아슬아슬하게 조철악의 머리를 스쳐 지나 탁자 모서리를 뭉텅 잘라버렸다.

한차례 거센 폭풍이 휩쓸고 지나간 뒤의 바다처럼 실내는 고요했다.

조철악은 아무 일도 없었다는 듯 태연하게 앉아 있는 데 반해서 유화곤과 유림은 놀란 얼굴로 가슴을 쓸어내렸다.

단유랑과 유림, 유청의 시선이 조철악에게 집중됐다. 세 사람이 봤을 때 조철악은 최소한 유화곤보다 서너 수 위의 절정고수가 분명했다.

단유랑과 유림, 유청은 대체 조철악이 누군지 곰곰이 생각해 봤으나 견식이 짧아서 떠오르는 인물이 없었다.

"대승방에 대해서는 알아봤나?"

태무악은 방금 일어난 일은 관심이 없다는 듯 조용한 목소리로 단유랑에게 물었다.

그의 물음은 모두의 관심을 본론으로 돌려놓는 역할을 했다.

"유림, 유청 남매가 도와주어서 현재 대승방의 사정에 대해서 별 어려움 없이 조사했습니다."

단유랑은 유림과 유청을 가리키면서 공손히 대답했다.

"귀촉루는?"

"예아와 강 형 둘이서 알아보러 갔는데, 아직 돌아오지 않았습니다."

태무악은 가볍게 고개를 끄덕인 후에 유화곤을 보며 담담하게 말했다.

"우리가 이곳에 있는 것이 불편하면 가겠소."

태무악의 거두절미한 말에 유화곤은 씁쓸한 표정을 지었다. 그는 태무악이 왜 그런 말을 하는지 짐작할 수 있었다.

"한 가지 이해하기 어려운 일 때문에 노부가 실수를 했소. 양해하시오."

그는 사과를 하면서 슬쩍 운을 띄웠다. 이참에 궁금한 점을 풀려는 것이다.

"무엇이 이해하기 어렵소?"

유화곤은 일부러 조철악을 보지 않으면서 정중한 어조로 조심스럽게 물었다.

"소협과 혈신마 대협은 어떤 관계요?"

조철악은 잠자코 있었다. 이 기회에 자신과 태무악의 관계를 다른 사람들에게도 분명히 해두고 싶은 것이다.

그에게 있어서 자신이 태무악의 의형이 된 일은 일평생 한 일 중에서 가장 잘한 일 같았다.

"혈신마가 누구요?"

조철악의 별호는 물론, 그에 대해서 아무것도 모르는 태무악으로서는 당연히 그렇게 물을 수밖에 없다.

또한 유화곤이 난데없이 희대의 살인마인 혈신마라는 별호를 들먹이자 단유랑과 유림, 유청 남매도 어리둥절해졌다. 지금 이 상황에서 혈신마라는 별호가 나올 이유가 없는 것이다.

조철악을 제외한 모두들 유화곤을 주시하면서 대답을 기다렸다.

그러나 정작 유화곤도 태무악이 혈신마를 옆에 두고서도 그가 누구냐고 묻는 바람에 어리둥절한 표정을 짓고 있었다.

유화곤의 시선이 스르르 조철악에게 향했다.

그러자 이번에는 모두의 시선이 조철악에게 집중됐다.

태무악은 유화곤이 조철악을 쳐다보는 의미를 알아차렸다.

"형님이 혈신마입니까?"

태무악의 조용한 물음에 조철악은 태연히 고개를 끄덕였다.

"그렇다."

조철악은 산악처럼 느긋하게 앉아 있는 데 반해서, 단유랑과 유림, 유청의 얼굴은 극도의 경악으로 물들었다.

"형님 별호가 혈신마였군요."

태무악은 처음 알았다는 듯 가볍게 고개를 끄덕였다. 단지 그것뿐, 그는 정식으로 조철악을 소개했다.

"이분은 내 의형이시오."

‘의형!’

모두의 얼굴에 불신과 경악이 뒤범벅되어 떠올랐다.

태무악은 혈신마라는 별호를 처음 듣지만 중인의 표정과 분위기를 보고는 조철악이 무림에서 어떤 존재인지 대충 짐작할 수 있었다.

하지만 그런 것이 태무악의 마음을 흔들지는 못한다. 한 번 의형제를 맺었으면 무슨 일이 있어도 의형제인 것이다. 상대가 배신을 하지 않는 한.

단유랑과 유림, 유청은 뒤늦게 알게 된 조철악의 신분 때문에 정신을 차리지 못할 정도로 놀라고 있었다.

그중에서도 특히 유림은 조금 전에 자신이 조철악에게 대들었던 것을 떠올리면서 간담이 서늘해졌다. 소문에 의하면, 혈신마는 그보다 더 사소한 일로 사람을 죽이는 일이 허다하다고 했다.

“사과하세요.”

중인의 놀라움이 정점에 도달해 있을 때 갑자기 유청이 조철악을 똑바로 주시하면서 나직하지만 또렷한 목소리로 입을 열었다.

순간 유화곤과 유림, 단유랑은 깜짝 놀랐다가 크게 당황하는 표정을 지었다. 그들은 유청이 무슨 짓을 하려는지 짐작한 것이다.

유청은 뛰어난 미모와 재주를 겸비했으며 비류문의 성명검법인 비류회선검(飛流旋風劍)을 완벽하게 터득한, 보기 드문 여고수다.

그래서 그녀를 보는 사람마다 산서성에 있기는 아까운 인재라며 중원으로 진출할 것을 입을 모아 권유하곤 했다.

그러나 비류일선(飛流一仙) 유청을 유명하게 만든 진짜 이유는 사실 미모도, 재주도 아니다. 그녀의 남다른 성격이 큰 몫을 했다.

그녀는 불의를 보면 절대로 물러서거나 타협하지 않는다.

또한 잘못된 것이 눈에 띄면 반드시 지적을 하고 바로잡아야만 직성이 풀린다. 그것은 성격이라기보다는 병이라고 해야 옳을 정도였다.

목에 칼이 들어와도 아닌 것은 절대 아닌 것이다. 그것 때문에 유청은 지금까지 수많은 사건에 연루되어 고초를 겪거나 불이익을 당했으나 한 번도 물러서지 않았으며 끝까지 관철하고야 말았다. 그리고 자신의 그런 행동과 결정을 후회하지 않았다.

그녀를 좋게 보는 사람들은 그런 것을 '고매한 정의감' 이라고 말하지만, 그렇지 않은 사람들은 '대단한 성깔' 이라며 고개를 가로젓는다.

그녀의 '고매한 정의감' 일지 '대단한 성깔' 일지 모르는 그것이 지금 바로 이 자리에서 터져 나온 것이다.

조철악은 설마 자신에게 한 말이라고는 생각하지 않는 듯 팔짱을 끼고 느긋하게 앉아 있었다.

"물러나라, 청아."

"청아, 지금은 네가 나설 때가 아니다."

크게 당황한 유화곤과 유림이 만류했으나 유청은 오히려 두 사람을 제치고 탁자 앞으로 바짝 다가들며 조철악을 차갑게 쏘아보았다.

"조금 전에 아버지께 범한 무례를 정식으로 사과하세요."

조철악은 어이가 없다는 듯 인상을 쓰지도 않고 허허 웃기만 했다.

"허허허! 계집애가 귀엽게 구는군."

유화곤과 유림은 조철악이 발작하지 않는 것을 천만다행으로 여기고 어떻게든 지금이라도 유청을 물러나게 하려고 전전긍긍했다.

그러나 유청은 자신을 붙드는 두 사람을 뿌리치며 약간 목소리를 높였다.

"당신이 아무리 혈신마라고 해도 실수는 실수예요! 그러니까 사과를 하세요!"

조철악의 뺨이 씰룩였다.

"밤톨만 한 계집년이……."

그러면서 그는 슬쩍 태무악의 눈치를 살폈다. 천하에 무서울 것이 없는 그이지만, 이제는 세상에서 제일 소중한 존재가 된 태무악이 싫어하는 일은 하고 싶지 않았다.

그때 태무악이 유청에게 조용히 말했다.

"이 자리에서 할 말이 아닌 것 같군."

그가 그런 말을 할 것이라고 예상하지 못했던 사람들은 의아한 표정을 지으며 그를 주시했다.

조철악마저도 뜻밖이라는 듯한 표정을 지었다.

그가 남의 집에 들어와서 주인을 윽박질렀으니 누가 보더라도 실수를 한 것이다. 최소한 유화곤 가족이나 단유랑도 그렇게 생각하고 있으나, 이 자리에서 왈가왈부할 일은 아니라는 태무악의 말에 공감하고 있었다.

"어째서 그렇게 생각하죠?"

유청은 태무악을 똑바로 주시하며 또렷하게 물었다. 대답 여하에 따라서는 표적이 조철악에서 태무악에게로 옮겨질 수도 있음을 그녀의 표정이 말해주고 있었다.

태무악은 유청의 난데없는 도발에 약간 짜증이 났다. 그래서 참견을 하고 나선 것이다.

그가 생각하는 바로는 유청이 실수 운운하는 것은 너무도 하찮은 일이다.

세상에는 그것보다 큰일이, 그리고 당장 해결해야 할 일이 비일비재한데도 그녀가 사소한 일을 갖고 시간과 능력을 허비하고 있다는 생각이었다.

"그만둬라."

태무악은 유청을 똑바로 주시하며 조용히 타일렀다.

그의 심연처럼 깊고도 무심한 눈빛을 접한 유청은 화들짝 놀라서 자신도 모르게 급히 눈을 내리깔았다.

그 눈빛을 접한 순간 혼이 빨려들 것 같고 머릿속이 온통 새하얗게 탈색되는 듯한 느낌을 받았기 때문이다.

그러나 이 정도로 기가 꺾일 그녀가 아니다. 오히려 반발심이 더 생겼다.

그녀의 성미를 잘 알고 있는 유화곤과 유림은 큰일 났다는 표정을 지을 뿐, 어쩔 줄을 몰라 했다.

유청은 눈에 힘을 주고 흑백이 또렷한 서늘한 눈으로 태무악을 똑바로 주시하며 약간 언성을 높였다.

"저분이 실수를 했기 때문에 그것을 사과하라는 제 말이 어째서 이 자리에서 할 말이 아닌지, 그리고 당신이 무슨 권리로 그만두라고 하는지 대답해 주세요."

태무악은 유청이 이대로 순순히 물러나지 않을 것이라는 생각이 들었다.

조금 전까지 느끼고 있던 짜증은 답답함으로 변했다. 그녀가 우물 안의 개구리 같고, 진짜 어려운 일을 당해보지 않은 철

딱서니없는 계집애라는 생각이 들었다.

태무악은 눈빛으로 유청의 얼굴에 구멍을 내려는 듯 주시하며 나직이 말문을 열었다.

"매년 천하 곳곳에서 세 살짜리 남녀 어린아이 수백 명이 납치되고 있다."

그의 뜬금없는 말에 모두들 의아한 표정을 지었다. 천하 곳곳에서 수백 명의 어린아이가 납치된다는 말은 처음 듣지만, 지금 상황하고는 어울리지 않는 내용이다.

"그 어린아이들을 납치하는 과정에서 가족은 무참하게 살해를 당한다."

태무악은 남의 이야기를 하듯 억양의 높낮이 없이 조용히 말을 이었다.

"그렇게 납치된 천여 명의 어린아이들은 세상하고는 완전히 격리된 장소에서 사육된다. 식사는 하루 두 끼. 갓난아이 손바닥만 한 크기의 돌덩이보다 단단한 시커먼 밥덩이 하나가 식사다. 창문도 없는 폭 일곱 자의 뇌옥에서 두 시진의 잠을 자고, 깨어 있는 시간 동안에는 오직 살인에 필요한 수련만을 행한다."

모두의 얼굴에 놀라움보다는 불신의 표정이 떠올랐다. 그런 일은 있을 수도 없기 때문이다.

다만 거기까지 설명을 들은 조철악만이 뭔가를 느낀 듯 표정이 변하여 태무악을 쳐다보았다.

"그 아이들이 있는 곳을 무간옥이라 하고, 그 아이들을 무간자라고 부른다."

'무간(無間)' 이란 무간지옥(無間地獄)을 뜻한다. 팔열지옥(八熱地獄)의 하나로, 생전에 죄를 지은 사람들이 끊임없이 고통을 받는 극렬지옥이다.

더 이상의 설명이 필요하지 않았다. 도대체 얼마나 처참한 곳이면 '무간옥' 이나 '무간자' 라고 불리겠는가.

"무간자들은 십오륙 년의 세월이 흐르는 동안 무간옥의 생활과 수련을 견디지 못하고 구 할이 죽는다. 그리고 끝까지 살아남은 일 할은 가혹한 시험을 거쳐 세상에 내보내진다."

이즈음 모두는 태무악이 사실을 말하고 있다는 것을 느끼고 있었다.

또한 내용이 너무도 엄청나서 자신들이 믿고 싶지 않으려 한다는 것도 깨달았다.

모두 같은 충격을 받았지만 그래도 수양이 깊은 유화곤이 무겁게 가라앉은 목소리로 물었다.

"그들이… 세상에 내보내진다면… 어디로 보내지는 것이오?"

태무악의 대답은 너무도 간단했다.

"회명부."

그 한마디는 마치 모두의 눈앞에서 태산이 무너진 듯한 충격을 던져 주었다.

모두들 깊디깊은 심연 속에 가라앉은 것 같은 먹먹한 충격 속에서 쉽사리 빠져나오지 못했다.

그들의 머릿속은 진흙탕처럼 마구 헝클어졌으나 한 가지 사실만은 공통적으로 깨달았다.

태무악이 한 말이 모두 사실이라는 것이다.

그들은 비로소 무림에서 공포의 존재로 일컬어지는 회명자의 실체를 알게 되었다.

공포의 존재인 회명자의 묻혀 있는 과거 속에는 그토록 슬프고도 암울한 어린아이들의 피맺힌 절규가 켜켜이 깔려 있었던 것이다.

"아… 대체… 어떤 천인공노할 인간이 그런 짓을 저지르는 것인가요?"

유청은 조금 전까지만 해도 사과를 받아야겠다고 서슬이 퍼렇던 것을 까맣게 잊은 채 경악과 분노로 가늘게 몸을 떨며 물었다.

회명부는 현무사자 휘하다. 그리고 현무사자는 천존의 네 심복인 태상사사자 중 한 명이다.

그렇다면 회명부와 무간옥이 한통속이며, 그 꼭대기에 천존이 버티고 있다는 사실을 미루어 짐작할 수도 있을 텐데, 유청은 너무 충격이 커서 생각하는 기능이 정지해 버린 듯했다.

유림이 이를 갈면서 씹어뱉었다.

"청아, 그 천인공노할 자는 바로 천존이다."

"천존··· 아!"

유청은 탄성을 터뜨리고는 망연자실한 표정을 지었다.

너무도 엄청난 사실에 아무도 입을 열지 않았다. 아니, 말을 할 수가 없었다.

조철악은 태무악이 설명을 하는 도중에 그것이 태무악 자신의 이야기라는 사실을 간파했다.

태무악을 알기 전이었다면 그런 얘기를 백번 들어도 아무런 느낌이 없었을 터이다.

하지만 지금은 다르다. 그는 더 이상 혼자가 아니다. 아우가 생겼다.

하루가, 아니, 일각이 지날 때마다 더욱 천금처럼 소중해지는 아우다.

바로 그 아우의 비참한, 아니, 처절한 이야기인 것이다. 세 살 어린 나이에 부모와 가족이 무참히 살해당하고, 그 자신은 지옥 같은 무간옥으로 끌려가서 사육을 당해야만 했던 피눈물 나는 실제 체험담인 것이다.

조철악은 눈을 부릅뜬 채 무릎에 얹은 두 주먹을 움켜쥐고 어금니를 악물고 있었다.

그리고 무슨 생각을 하고 있는지 커다란 거구가 이따금 부르르 떨리곤 했다.

중인은 경악과 분노에 떨고 있으나 태무악은 유청을 보면서 담담하게 말을 이었다.

"네가 생각하기에 무간옥의 일과 형님이 사과를 하는 일 중에서 어느 것이 더 중요한 것 같으냐?"

태무악이 거침없이 하대를 하고 있지만 지금의 유청은 그런 것까지 생각할 겨를이 없다.

지금 같은 상황이라면 조철악의 실수 같은 것은 거론하지도 않았을 것이다.

"저는……."

태무악의 물음은 바다와 웅덩이 중에 어느 것이 더 크냐고 묻는 것이다.

유청이 대답하지 못하는 이유는 몰라서가 아니라 너무 큰 충격을 받았고, 어떤 깨달음 같은 것이 가슴 밑바닥에서 스멀거리고 있기 때문이다.

"너의 목숨은 몇 개냐?"

태무악이 계속 물었으나 유청은 여전히 대답하지 못했다.

"목숨은 하나뿐이므로 그만한 가치가 있는 것에 걸어야 하는 것이다."

"……."

“하찮은 것에 목숨을 거는 자는 결국 하찮은 일 때문에 죽는다. 왜냐하면 자신의 목숨을 하찮게 여기기 때문이지.”

지금 태무악이 말하고 있는 것은 그가 무간옥을 탈출한 이후 수많은 생사의 고비를 넘기면서 자신이 직접 체험한 결과로 얻어진 진리다.

조철악, 유화곤, 유림, 단유랑, 그리고 유청까지도 모두 숙연하게 태무악의 말을 듣고 있었다.

“너는 아직도 형님에게 사과하라고 말하고 싶으냐?”

“저는…….”

유청이 머뭇거리자 태무악은 얼굴을 굳혔다.

“하나만 말해주지. 나는 지난 삼 년 동안 이천 명 정도를 죽였다. 어쩌면 더 죽였을지도 모른다.”

“아…….”

신풍현수가 얼마나 많은 천중신군과 그에 속하는 앞잡이들을 죽였는지 대충 알고 있는 단유랑과 유화곤, 유림이지만 자신들이 짐작하고 있는 것보다 훨씬 많은 ‘이천 명’이라는 숫자가 언급되자 아연실색하고 말았다.

유청은 아예 이천 명이라는 엄청난 숫자가 실감이 나지 않는 표정이다.

태무악이 유청을 쳐다보며 말을 이었다.

“잘 모르겠지만, 아마 형님은 나보다 더 많은 사람을 죽였을 것이다.”

중인의 시선이 조철악에게 집중됐다.

그런데도 조철악은 여전히 부릅뜬 눈으로 어금니를 악물고 있을 뿐, 반응이 없다. 다른 생각을 하고 있기 때문이다.

태무악이 마지막 쐐기를 박았다.

“네가 계속 사과를 요구한다면, 형님이 사과를 할 것 같으냐, 아니면 너와 네 가족들을 죽일 것 같으냐?”

유청의 커다란 두 눈이 더욱 커졌고, 얼굴 가득 혼비백산한 표정이 떠올랐다.

문득 그녀는 한 가지 사실을 깨달았다. 자신이 여태껏 참견했던 수많은 일들은 대부분 자신의 능력으로 해결할 수 있었던 것들이다.

그래서 그녀의 ‘참견’은 갈수록 더 심해졌다. 그러나 이것은 아니다. 이것은 그녀의 능력의 한계를 훨씬 벗어났다.

여태껏 이런 일은 한 번도 없었다. 있었다면 그녀는 일찌감치 자신이 우물 안 개구리라는 사실을, 그리고 자신이 얼마나 작은 일에 몰두하고 있었는지를 깨달았을 것이다.

슥―

태무악은 천천히 일어나 방문 쪽으로 걸어가면서 혼잣말처럼 중얼거렸다.

“형님이 실수했다고 생각한다면 너는 앞으로 집 밖에 나가지 않는 것이 좋겠다.”

조철악이 태무악을 따라 나갔고, 실내에 남은 네 사람은 오랫동안 방에서 나오지 않았다.

第六十五章

연련(戀戀)

대무신
大武神

폭 이 장가량의 아담한 석실 양쪽 벽에 걸려 있는 유등이 흐릿한 불빛을 발하면서 흔들리고 있다.

그 불빛 아래, 바닥에서 석 자 높이의 석대 위에 옥선이 가부좌의 자세로 앉아 운공조식을 하고 있다.

십칠 세의 옥선, 아니, 주령이 석대에 지그시 눈을 감고 앉아 있는 자태는 가히 월궁항아(月宮姮娥)의 절세적이며 눈부신 아름다움, 그것이다.

옥선으로 생활하면서 그녀는 추호도 멋을 부리지 않는다.

그럴 만한 여유도 없었을뿐더러 그러고 싶은 마음 자체가 없었다.

그녀가 자신의 아름다움을 보여주고 싶은 사람은 오직 태무악뿐이다.

하지만 그녀가 알고 있는 태무악은 여자의 아름다움 같은 것에는 눈곱만큼도 관심이 없는 사람이다. 그러므로 그녀가 멋을 부리지 않는 것은 당연하다.

하루도 빠짐없이 매일 약초 더미와 환자들 사이에 파묻혀서 지내는 허름한 옷차림에다가 아름다움을 드러내지 않으려고 무던히 노력하는 그녀지만, 그렇다고 태어나면서부터 지니고 있는 천성적인 아름다움이 감춰지지는 않았다.

주령은 지금 건곤심정공(乾坤深正功)이라는 심법을 운공하고 있는 중이다.

삼 년 전에 태무악은 천성적으로 허약한 주령의 체질을 세밀하게 파악한 후에 건곤심정공을 가르쳐 주었다.

그날 이후 지난 삼 년 동안 주령은 하루도 거르지 않고 건곤심정공을 운공해서 현재는 사십 년 남짓의 공력을 단전에 축적하고 있다.

그 덕분에 그녀는 놀라울 만큼 건강한 체질로 변모했다. 예전 황궁에서 극진한 호사를 누리며 어의(御醫)의 보살핌을 받을 때에는 걸핏하면 감기를 비롯한 여러 병치레를 하고 살았는데, 건곤심정공을 배우고 나서부터는 아무리 힘든 일을 하

고 추위나 더위에 시달려도 단 한차례도 병에 걸린 적이 없었
다.

"하아……."

이윽고 그녀는 운공조식을 끝내고 긴 한숨을 토해내면서 눈
을 떴다.

운공조식 직후라서 그런지 커다랗고 아름다운 두 눈에 별빛
처럼 생기가 넘쳤다.

지금은 축시(丑時:새벽 2시). 자정을 한 시진이나 넘긴 시간
이지만 그녀는 아직 잠자리에 들 생각을 하지 않았다.

척!

석대에서 바닥으로 내려선 그녀는 앞섶 사이로 오른손을 손
목까지 집어넣었다.

스웅…….

이어서 그녀가 앞섶에서 손을 빼자 미약한 맑은 음향이 흐
르면서 그녀의 손에는 한 자루 검이 쥐어졌다.

눈이 부시도록 흰 은검(銀劍)이다.

삼 년 전에 태무악은 어느 시골의 철기방 쓰레기 더미 속에
서 하나의 녹슨 쇠막대기를 찾아냈다.

그가 녹을 털어내자 쇠막대기는 은빛 찬란한 한 자루 은검
으로 탈바꿈했다.

이어서 그는 껍질이 은빛인 은사(銀蛇) 세 마리를 잡아다가

껍질을 벗겨내고 무두질을 잘하여 칡껍질을 가늘게 쪼갠 갈사로 꿰매서 멋진 칼집을 만들어 주령의 상의 안쪽 겨드랑이 아래에 고정시키고 은검을 거기에 꽂도록 해주었다.

그때 주령은 은검의 이름을 ‘초월검’이라고 했으면 좋겠다고 속으로 생각하면서 태무악에게 검명을 지어달라고 부탁했는데, 그는 마치 그녀의 속을 들여다보듯이 ‘초월검’이라는 이름을 지어주었다.

두 사람은 그런 식으로 여러 면에서 교감(交感)을 나눴다. 그것을 태무악은 별달리 생각하지 않았으나, 주령은 두 사람의 숙명이라고 굳게 믿었다.

태무악에게서 초월검을 받은 그날 이후 그녀는 목욕을 할 때 이외에는 단 한순간도 검을 자신의 몸에서 떼어놓지 않았다.

떼어내면 죽기라도 하는 것처럼 왼쪽 겨드랑이와 젖가슴 아래 사이에 꼭 차고 지냈다.

그녀에게 있어서 초월검은 태무악이기 때문이다. 어찌 태무악을 떼어내고서 한순간이라도 숨을 쉴 수 있겠는가.

슥.

주령은 석실 한복판으로 걸어나가 당찬 모습으로 우뚝 선 후 천천히 초월검을 치켜들었다.

이어서 사십 년 공력을 끌어올려 체내에서 일 주천시키고는 오른팔에 주입했다.

후우…….

불과 사십 년 공력이 주입됐을 뿐인데도 초월검이 흐릿하게 빛나면서 낮은 검명을 토해냈다.

주령의 눈빛이 강렬해지는 순간 초월검이 허공을 갈랐다.

스스스…….

초월검이 한 번 허공을 가를 때마다 수십 자루의 초월검이 서로 연결된 듯한 검영(劍影)을 만들어 찬란하게 허공을 수놓았다.

스스스… 사사사…….

그녀의 오른팔은 거침없이 구름이 흐르듯 움직였다. 긋고, 찌르고, 밀고, 당기고, 원을 그리고, 허공을 켜켜이 베었다.

그럴 때마다 수십, 아니, 수백 자루의 초월검 검영이 허공을 가득 찬란하게 뒤덮었다.

설명은 길었으나 그녀가 그 모든 동작을 하는 데 걸린 시간은 불과 세 호흡이었다.

지금 그녀가 구사하고 있는 초식은 태무악이 가르쳐 준 비산탄류(飛散彈流)다.

이 검법은 모두 삼 초식으로 이루어졌으며, 그녀가 방금 끝마친 것은 그중 일초식이다.

건곤심정공처럼 그녀는 지난 삼 년 동안 하루도 빠짐없이 비산탄류를 수련해서 현재는 십이성 완벽한 경지에 이른 상태다.

다만 공력이 부족하여 비산탄류의 위력을 제대로 발휘하지 못하고 있다.

그러므로 그녀는 비산탄류의 진정한 위력이 어느 정도인지 아직 모르고 있다.

만약 그녀의 공력이 일 갑자 수준만 된다면 무림에서 일류 고수로 자리매김할 수 있을 것이다.

하지만 그녀는 어떤 목적을 품고 무공을 연마하고 있는 것이 아니었다.

그녀의 무공 연마는 숭고한 의식(儀式) 같은 의미가 있었다.

태무악이 가르쳐 준 두 가지 무공과 그가 준 초월검으로 무공 연마를 하는 것은, 그녀가 그를 사랑하고 있다는 증명이고, 그에 대한 간절한 그리움을 승화시키는 행위인 것이다.

스파파파팟!

비산탄류 삼 초식이 전개되자 허공의 열두 곳 방위에 은빛 검화가 아름답게 피어났다.

그녀에게 이십 년 정도의 공력이 더 있었다면 열두 개의 은빛 검화가 그녀가 원하는 방향을 향해 원하는 각도를 그리면서 쏘아갔을 것이다.

"하아……."

　세 차례에 걸친 비산탄류 연마를 끝낸 주령은 동작을 멈추고 긴 한숨을 토해냈다.

　이마와 콧등에는 송골송골 이슬 같은 땀방울이 맺혔다.

　그녀는 초월검의 뾰족한 검첨을 자신의 젖가슴 사이 앞섶 사이로 집어넣었다.

　스륵… 척!

　한 자 길이의 초월검은 앞섶 사이 속으로 사라지며 검실에 꽂히는 소리를 냈다.

　지금까지 수만 번이나 초월검을 뽑고 꽂은 터라 이젠 보지 않고도 감각적으로 뽑고 꽂을 수가 있게 되었다.

　그녀는 호흡을 고른 후 위로 뻗은 돌계단을 올라갔다.

　스르… 쿵!

　아담하면서도 정갈한 방 한쪽 벽면에 세워져 있는 서가(書架) 하나가 앞으로 밀리면서 그 사이로 주령이 미끄러지듯이 걸어나왔다.

　그녀는 자신의 방 지하에 특별히 연공실을 만들었기 때문에 그녀가 한밤중에 무공 연마를 하는 것은 아무도 모른다.

　그리 크지 않은 실내는 최소한의 가구와 탁자, 침상 하나가 살림의 전부였다. 욕심없는 그녀의 성품을 잘 대변해 주고 있었다.

　이어서 그녀는 방을 가로질러 맞은편으로 걸어가 조그만 쪽문을 열고 고개를 숙이며 안으로 들어갔다.

그곳은 그리 넓지 않은 목욕실이다. 커다란 통에는 물이 찰랑찰랑 가득 채워져 있었다.

그곳에서 그녀는 옷을 벗고 알몸이 되었다. 잡티 한 점 없이 백옥처럼 희고 투명한 빙자옥질(氷姿玉質)의 늘씬하고 풍만한 나신이 적나라하게 드러났다.

그녀는 땀에 젖은 자신의 나신을 내려다보면서 문득 어떤 생각에 잠겼다.

삼 년 전, 그녀는 태무악과 헤어지기 전에 자신의 순결을 바치려고 했었다.

이 넓디넓은 천하에서 오직 태무악만을 사랑하고 또 기다린다는 자신만의 약속의 증표로 삼으려는 의도였다.

그래서 어느 날 밤에 객점에 투숙했을 때 옷을 모두 벗고 태무악 곁에 살며시 누웠었다.

그때는 알 수 없는 두려움과 기묘한 기대로 정신도, 마음도 마구 헝클어진 상태였었다.

그렇지만 태무악은 그녀에게 손가락 하나 대지 않았다. 그녀를 마치 나무토막 대하듯 했다.

그 당시에 주령은 아마도 태무악이 무간옥에서만 생활했기 때문에 여자나 정사에 대해서 모르기 때문에 그랬을 것이라고 나름대로 생각을 했었다.

그러나 그 후 삼 년이라는 세월이 흐르면서 그 생각은 조금 변했다.

그 당시에 태무악이 여자를 알았다고 해도 주령의 순결을 취하지는 않았을 것이라고 말이다.

굳이 이유를 말하라고 하면 정확하게 말하지는 못할 것이다. 하지만 태무악은 원래 그런 사람, 아니, 그런 남자다. 주령은 그렇게 알고 있다.

촤아아…….

늦가을의 쌀쌀한 날씨인데도 그녀는 찬물을 머리에서부터 뒤집어썼다.

예전 같으면 한여름에도 따뜻한 물로 목욕을 했을 터였다. 지금 그녀의 심신은 더없이 강건하고 또 나날이 더 강건해지고 있었다.

찬물로 땀을 씻어낸 주령은 새 옷으로 갈아입고 검실을 새 옷 왼쪽 겨드랑이 아래에 고정시켰다.

그녀의 옷은 모두 왼쪽 겨드랑이 아래에 검실을 매달 수 있도록 끈이 있다.

새 옷이라고는 하지만 일반 백성들이 즐겨 입는 평범한 무명옷이다. 게다가 갖고 있는 옷을 다 합쳐 봐야 다섯 벌밖에 되지 않는다.

그녀가 운영하고 있는 무령원은 돈이 많이 든다. 필요한 물

품과 약재는 끝도 없이 많은데, 수입은 한정되어 있다. 게다가 무령원의 규모는 나날이 더 커지고 있어서 조만간 무슨 대책을 세우지 않으면 사단이 나고 말 것이다.

그런 상황에서 주령은 자신의 옷 한 벌조차 마음 놓고 사 입을 수가 없다.

제일 값싼 무명옷 한 벌 값이면 당장 필요한 약재 두어 근을 살 수 있는데… 라는 계산이 서면, 자신을 위해서는 무엇이라도 할 엄두가 나지 않았다.

초월검을 새 옷 안쪽 검실에 꽂은 그녀는 앞섶을 여미다가 문득 손을 멈추었다.

삼 년 전, 태무악이 주령의 옷 안쪽에 새로 만든 검실을 달아주려고 무턱대고 옷을 벗겼을 때, 그녀는 그가 몹쓸 짓을 하는 것이라고 오해를 한 적이 있었다.

그러나 그가 바닥에 쭈그리고 앉아서 옷에 검실을 매다는 모습을 보고는 자신이 오해했음을 깨닫고 크게 미안하고 또 감동하여 눈물을 흘리면서 그를 와락 끌어안았다.

때마침 검실을 다 달고 일어서면서 무엇인가 말하던 태무악의 입속으로 주령의 봉긋한 한쪽 젖가슴이 쑥 들어가 버린 것이다.

주령이 꼭 안고 있었기 때문에 태무악은 한동안 입속에 있는 그녀의 젖가슴을 뱉어내려고 몸부림(?)을 쳤었다.

그러는 와중에 그의 혀가 자꾸만 유두를 건드리며 희롱을 하는 바람에 주령은 유두와 옥문이 찌릿찌릿한 느낌을 받고 크게 당황했다.

그때는 그 느낌이 무엇인지 몰랐었으나 그 후에 그녀는 그것이 성적인 느낌 혹은 쾌감이라는 사실을 서책과 자신의 몸의 변화를 통해서 알게 되었었다.

이따금 그때 일을 생각하면 얼굴이 화끈거리고 가슴이 빠르게 두 방망이질 친다.

그리고 그날 밤에는 어김없이 태무악의 품에 안겨서 격렬한 정사를 나누는 꿈을 꾸곤 했다.

어찌나 꿈이 생생하던지 다음날 아침에 일어나면 그녀는 온몸이 땀에 흠뻑 젖어서 곤죽이 되어 있게 마련이고, 스스로 옷을 벗었는지 거의 알몸이 되어 있다시피 했다.

슥.

주령은 앞섶을 여미던 손을 자신의 왼쪽 젖가슴으로 가져가서 가만히 만져 보았다.

삼 년 전에 비해서 많이 커지고 성숙해진 젖가슴이 손에 느껴졌다.

"악 가가……."

그녀는 사르르 얼굴을 붉히면서 조용히 그리운 사람의 이름을 불러보았다.

　　　　　*　　　　*　　　　*

　태무악과 조철악, 무간구십구호가 묵고 있는 거처에 단유랑이 다녀간 것은 한 시진 전이다.

　이후 세 사람은 탁자에 둘러앉아서 묵묵히 술잔만 기울이고 있는 중이다.

　태무악은 단유랑이 설명해 준 대승방에 대해서 곰곰이 생각에 잠겨 있었다.

　술이라는 것을 구경도 해본 적이 없는 무간구십구호는 처음에는 술을 거들떠보지도 않았다.

　그러더니 조철악이 쉬지 않고 연거푸 마시는 것을 보고는 자신도 대뜸 한 잔 따라 마셨다.

　그리고 나서는 입맛을 다시면서 그때부터는 조철악보다 더 빠른 속도로 술을 마셔대기 시작했다.

　태무악은 단유랑의 설명을 토대로 한 시진 동안 짠 계획을 다시 한 번 검토했다.

　지난 이틀 동안 단유랑은 유림, 유청 남매와 함께 거의 하루 종일 대승방 근처에 머물면서 정보를 수집했다.

　그러나 대승방의 핵심적인 간부를 제압해서 문초한 것도 아니고, 내부에 들어가서 세밀히 조사한 것도 아니라서 정보 수

집에는 한계가 있었다.

그러므로 단유랑이 태무악에게 보고한 내용은 유림, 유청 남매가 평소에 대승방에 대해서 알고 있는 것과 이틀 동안 조사한 내용을 취합한 것들이다.

대승방의 내부 사항을 자세히 모르는 상황에서의 계획이기 때문에 막상 대승방에 잠입을 하고 나서 단유랑에게 듣지 못한 다른 상황이 벌어진다면 그때 가서 임기응변으로 대처해야만 할 것이다.

얼마 전까지만 해도 태무악의 행동은 대부분 무계획이었다. 그것은 곧 감정에 따라서 즉흥적으로 행동한다는 뜻이다.

하지만 총명한 그는 오래지 않아서 무계획적인 행동이 가져오는 결과가 좋지 않다는 사실을 깨닫게 되었고, 그때부터 행동을 하기 전에 조금씩 계획을 짜기 시작했다.

그러면서도 그 자신은 그것이 계획인지 자각하지 못했다. 단지 실수를 하지 않으려고, 좋은 결과를 낳게 하려고 머리를 조금 쓰는 것뿐이라고 생각했다.

이윽고 생각을 다 정리한 태무악은 무간구십구호를 쳐다보았다.

이제 그의 거취를 결정해야 할 때다. 술에 물 탄 듯 어영부영 함께 있을 수는 없는 것이다.

"구십구호, 너 혼자 떠나는 것과 우리와 함께 행동하는 두 가지 방법이 있다. 어떻게 할 테냐?"

과연 태무악답게 거두절미하고 본론부터 들이댔다.

하지만 그런 습성에 익숙한 무간구십구호 역시 곧이곧대로 받아들였다.

"너희와 함께 행동하는 것이 뭐지?"

"천존을 죽일 것이다."

"천존이 뭐냐?"

"무간옥을 만든 자다."

긴 설명은 하지 않았으나 그것만으로도 충분하다.

"나를 고생시킨 놈이로군."

표현도 거칠지 않았다. 세상에 대해서, 그리고 자신에 대해서 아는 것이 없기 때문이다.

그는 이제 세상에 대해서 한 가지를 알게 되었다. 자신을 무간옥에 가둔 자가 천존이라는 사실이다.

사람이란 앎을 행동으로 옮기려 한다. 그것은 식물이 햇볕이 비추는 쪽으로 움직이는 것이나 같다.

그래서 무간구십구호도 자신이 알게 된 유일한 사실 쪽으로 행동하려고 한다.

무간구십구호는 이미 꽤 많은 술을 마신 상태다. 그런데도 말을 하면서도 쉬지 않고 마셔댔다.

"백구호, 너는 천존이라는 자를 죽이려고 무간옥을 탈출한 것이냐?”

세 살 때 납치당해서 무간옥에서만 생활한 태무악이 천존을 어떻게 알고 원한을 품었겠는가.

그렇지만 무간구십구호는 아는 것이 없으므로 묻는 것에도 한계가 있다.

“아니다. 집에 가려고 탈출했다.”

“집? 그게 뭐냐?”

“내가 세 살 때까지 살던 곳. 부모와 가족들이 살고 있는 곳을 집이라고 한다.”

그렇게 대답할 때의 태무악의 목소리는 조금 더 나직해졌고 표정은 우울하게 변했다.

“내가 살던 곳은 기억이 나지 않아. 그런데 너는 기억이 난다는 말이냐?”

“그렇다. 부모의 이름과 살던 마을 이름까지도……”

고개를 숙인 채 술만 들이켜던 조철악이 뚝 동작을 멈추더니 태무악을 쳐다보았다.

그의 눈이 시뻘겋게 충혈되었다. 동공은 흔들렸고 뺨을 쉴 새 없이 씰룩였다.

무간구십구호는 술잔을 내려놓고 태무악을 보면서 고개를 끄덕였다.

“그런 것을 기억하고 있었기 때문에 무간옥을 탈출한 것이로구나. 집에 가려고……."

그는 술잔을 만지작거리며 물었다.

"부모가 뭐지?"

"나를 낳아준 어머니와 아버지."

"그들 두 명이 널 낳았나? 짐승들이 교미를 해서 새끼를 낳는 것처럼?"

"그래."

"사람이 사람을 낳는 것인가?"

"응."

두 사람의 대화를 누군가 듣는다면 아마 말장난을 하고 있다고 생각할지도 모른다.

말하는 것을 몹시 귀찮아하는 태무악이지만 이때만큼은 무간구십구호에게 꼬박꼬박 대답을 하고, 또 어떤 것은 자세히 설명도 해주었다.

그의 그런 변화는 아마도 두 가지 이유에서일 것이다. 첫째, 그도 이제 사람 냄새가 조금쯤은 나기 시작했다는 것. 둘째, 무간구십구호에게서 삼 년 전 자신의 모습을 보는 것 같아 동병상련(同病相憐)의 마음을 느끼고 있다는 것이다.

태무악과 무간구십구호의 대화는 반 시진쯤 이어졌다. 그제야 무간구십구호는 부모가 무엇인지, 고향이나 집, 가족이 무엇인지 알게 되었다.

그리고 자신과 수많은 무간자들도 세 살 때 부모와 가족이 살해당하면서 납치되어 지금껏 무간옥에서 사육당했다는 사실을 깨닫기에 이르렀다.

"천존이 죽일 놈이로군."

그가 이를 갈 듯이 중얼거릴 때 조철악이 느릿한 동작으로 일어나서 밖으로 나갔다.

하지만 태무악이나 무간구십구호는 일체 신경 쓰지 않았다.

"같이 죽이자, 천존이라는 놈."

무간구십구호의 말에 태무악은 가볍게 고개를 끄덕였다.

"알았다."

무간구십구호는 큰 힘이 되어줄 것이다. 물론 그는 조철악보다 무공이 약하다. 하지만 그는 조철악이 갖고 있지 않은 것들을 지니고 있다.

무엇보다도 가장 큰 힘은 태무악과 무간구십구호는 많은 점에서 닮았고, 또 교감을 할 수 있다는 사실이다.

"무엇이든지 명령해라."

그의 말은 곧 절대복종을 의미한다. 인간관계는 오직 명령을 하는 자와 복종하는 자로 구분된다고만 알고 있는 무간자다운 대답이다.

그는 자기가 할 말은 다 했다는 듯 술잔을 집어 입속에 쏟아부었다.

그가 말하는 복종의 의미는 목숨을 태무악에게 바치겠다는 뜻이다.

무간자들은 타인의 생명을 파리 목숨으로 여기지만, 자신의 목숨 역시 그렇게 여긴다.

"그러지 마라. 네가 하고 싶은 일만 해라. 너는 자유다. 아무도 너를 속박하지 못한다. 나도, 어느 누구도."

태무악의 목소리가 약간 높아졌다. 누구에게나 있는 '자유'라는 것을 대부분의 사람들은 그저 막연하게 생각하지만, 그의 '자유'에 대한 생각은 너무도 확고하다.

그것은 아무도 건드리지 못하는 것이다. 무간옥을 탈출한 이후 가장 큰 깨달음이라면 '자유의 소중함'이었다.

아직 자유가 무엇인지 잘 모르는 무간구십구호는 이해하지 못하겠다는 얼굴로 태무악을 쳐다보았다. 지금 그는 자유보다는 한 병의 술이 더 낫다고 생각할 것이다.

그는 방금 태무악에게 무조건 복종하겠다고 말했으며 그것을 거부당했다. 그런 경험이 없는 그가 당황할 수밖에 없는 일이다.

"날 내쫓겠다는 것이냐?"

그러므로 그렇게 생각하는 것도 무리가 아니다.

"아니다. 네가 스스로 떠날 때까지 너는 나와 함께 있을 것이다."

“그럼 됐다.”

“그리고…….”

태무악은 약간 격해진 감정을 속으로 추스르고 나서 말을 이었다.

“내 곁에서 나를 돕는 동안에는 대가를 지불하겠다.”

대가가 무엇인지, 왜 대가를 받아야 하는지 무간구십구호가 알 리가 없다.

하지만 태무악은 그를 이용하거나 농락하고 싶지 않았다. 그러면 자신이 천존과 다를 바 없다고 생각하기 때문이다.

무간구십구호는 술을 마시며 대수롭지 않게 대꾸했다.

“맘대로 해.”

태무악이 일어나 방을 나가려고 할 때, 등 뒤에서 무간구십구호의 목소리가 들렸다.

“그리고 말이야, 이 맛있는 물 좀 더 줘.”

술을 더 달라는 얘기다. 그것이 그의 최초의 요구였다.

마른 나무들만 듬성듬성 서 있는 정원으로 나선 태무악은 가슴을 활짝 펴고 두 팔을 한껏 벌린 채 깊게 숨을 들이마시고 내쉬었다.

술을 마시는 것도 내키지 않았고, 무간구십구호와 더 길게 대화하고 싶지도 않았다.

그와 함께 있으면 자꾸 무간옥 생각이 나고 또 자신이 아직
도 무간자인 듯한 착각마저 들었다.

몇 차례 심호흡을 했는데도 도무지 상쾌해지지 않고 오히려
더 답답한 기분이 되는 것 같았다.

그는 고개를 절레절레 가로저었다. 체내의 진기가 잘못된
것도 아니고, 아까 있었던 유청의 일 때문도 아닌데 좀처럼 답
답한 마음이 가시지 않았다.

그는 고개를 들고 밤하늘을 올려다보았다. 시리도록 밝은
달이 몇 개의 조각구름 사이를 흐르듯이 떠 있었다.

그런데 문득 그 환한 달이 스르르 이지러지면서 한 사람의
얼굴로 변해갔다.

'주령……'

그렇다. 까맣게 잊고 지냈던 주령의 얼굴이 전혀 생각지도
못한 상황에서 달을 빌어 떠오른 것이다.

달 속에 새겨진 주령의 얼굴은 삼 년 전 열네 살의 앳된 모
습을 하고 있다.

'어째서 주령이……'

왜 지금처럼 마음이 답답할 때 주령의 모습이 불현듯 떠오
른 것인지 이해가 되지 않았다.

산동성 제남에서 주령과 헤어진 이후 그녀를 까맣게 잊고
지냈다. 그래서 다시 만날 것이라는 생각 따윈 추호도 하지 않

왔다.

그의 가슴속에는 오직 복수. 복수만으로 가득 차고도 넘쳤다. 주령이 끼어들 틈조차 없는 것이다.

슥.

문득 무슨 생각이 났는지 그는 이끌리듯이 품속에 손을 넣었다가 뺐다.

그의 손바닥 위에는 은은하게 푸른빛을 발하는 하나의 비녀가 놓여 있었다.

비취로 정교하게 만들었으며 보기에도 몹시 고귀한 귀족의 물건이 분명했다.

"은자가 떨어지면 이것을 팔아서 쓰세요."

삼 년 전에 태무악이 주령을 제남성 운몽장이라는 곳의 전문 앞에 내려주었을 때 그녀가 취봉잠(翠鳳簪)을 주면서 했던 말이다.

그녀는 두 개의 비녀를 갖고 있었고, 태무악은 그것이 취봉황잠이라고 알고 있다.

그중에서 취봉잠을 태무악에게 내주고 자신은 취황잠을 지니고 있다.

그녀에게 그것은 아마 매우 중요한 물건일 터이다. 그런데도 그중 하나를 태무악에게 주면서 여비에 보태 쓰라고 한 것이다. 그만큼 그녀는 태무악을 소중하게 여기고 있다는 뜻일 게다.

그러나 태무악은 취봉잠을 팔려는 생각은 한 번도 하지 않았었다.

그 당시에 주령이 '은자가 떨어지면 이것을 팔아서 쓰세요'라고 말했을 때, 어쩌면 태무악은 속으로 '그럴 일은 절대 없을 것이다' 라고 중얼거렸는지도 모른다. 하지만 왜 그런 생각을 했는지는 알 수 없다.

또한 그는 주령과 헤어진 이후 그녀에 대해서는 까맣게 잊고 지냈다고 생각하면서도 취봉잠은 언제나 자신의 품속에 간직하고 있었다.

그렇지만 어째서 그것을 늘 간직하고 있었는지에 대해서는 생각해 본 적이 없었다.

혹시 무의식적으로 취봉잠을 주령의 분신 정도로 여기고 있었던 것은 아닐까.

그래서 지금 문득 그는 자신이 왜 그랬을까를 곰곰이 생각해 보았으나 답을 얻을 수가 없었다.

다만 불현듯 어떤 싸아… 한 느낌이 뭉클뭉클 가슴속에서 일어났다.

'뭐지, 이런 느낌은?'

그리고 그 끝에 갑자기 주령이 보고 싶다는 생각이, 아니, 느낌이 들었다.

그것은 그리움이다. 사람에 대한 그리움. 그가 세상에 태어나서 부모 이외에 누군가를 보고 싶어하는 것은 지금이 처음이다. 그리고 그 대상이 주령이다.

왜 갑자기 이런 느낌이 드는 것인지는 생각할 겨를도 없다. 왜냐하면, '주령이 보고 싶다'라고 한 번 떠오른 그리움은 순식간에 열병처럼 그의 온 정신과 마음을 점령해 버렸기 때문이다.

그러더니 주령의 모든 것이 너무도 선연하게 떠올랐다.

그녀의 맑은 눈과 쫑긋거리는 코, 예쁘게 종알거리는 입술, 그리고 무심코 봤던 눈처럼 뽀얀 알몸.

심지어 그녀를 만졌던 느낌마저도 생생하게 되살아났다. 그 당시에 태무악은 거의 대부분의 시간 동안 주령을 업거나 안은 채 도주를 했다. 두 사람은 한 몸처럼 붙어 있었던 것이다.

그가 누군가와 신체적인 접촉을 그토록 오랫동안 하고 있었던 것은 이전에도 없었고, 또 이후로도 없을 것이다.

"주령⋯⋯."

그의 입술 사이로 자신도 모르는 사이에 낮은 중얼거림이 흘러나왔다.

그는 주령과 헤어진 지 삼 년 만에야 비로소 한 가지 사실을 절실히 깨달았다.

살아 있는 사람 중에서 자신과 가장 가까운 사람이 바로 주령이라는 사실이다.

문득 삼 년 전 어느 날 한밤중인가 주령이 지금처럼 밝은 달을 보면서 읊조렸던 어떤 글 한 구절이 태무악의 귓전을 울렸다.

"밝은 달은 손잡이 없는 부채가 되고, 반짝이는 별은 끈이 끊어진 구슬이어라[月爲無柄扇 星作絶纓珠]."

第六十六章

도륙(屠戮)

大武神

대무신
大武神

퍽퍽!

"우라질 놈의 천존."

무엇인가를 두드리는 둔탁한 음향과 씹어뱉는 듯한 중얼거림이 뒤섞여 어둠 속에서 흘러나오고 있었다.

태무악은 그 중얼거림이 조철악의 것이라고 생각하여 그것을 따라 비류문 뒤쪽의 숲 속으로 들어갔다.

마른 나뭇가지에서 떨어져 쌓인 낙엽 더미가 숲 바닥에 수북했으며 태무악이 그것을 밟으며 걸어갔으나 아무런 소리도 나지 않았다.

퍽퍽!

"개새끼. 죽일 놈……."

조철악의 비분에 찬 으르렁거림이 조금 더 가까이에서 또렷하게 들려왔다.

이윽고 태무악은 조철악을 발견하고 걸음을 멈추었다.

조철악이 어느 커다란 바위 앞에 흐트러진 자세로 퍼질러 앉은 채 주먹으로 바위를 두들겨 패고 있는 모습이 태무악의 시야에 들어왔다.

조철악이 바위를 마주한 자세여서 태무악 쪽에서는 그의 얼굴 표정이 보이지 않았다.

태무악은 그가 무엇 때문에 천존을 욕하면서 분노하고 있는지 이유가 궁금했다.

어쩌면 그에게도 천존에 대한 말 못할 원한이 있을지도 모른다는 생각이 들었다.

"형님."

태무악이 나직한 목소리로 부르자 뒤돌아 앉아 있던 조철악의 곰처럼 커다란 상체가 움찔 작게 떨렸다.

그로 미루어 태무악이 지척까지 접근하는 것을 까맣게 모르고 있었다는 뜻이다.

조철악 같은 절정고수가 얼마나 감정에 복받쳐 있었으면 그랬을까 싶어서 태무악의 궁금증은 더 짙어졌다.

이윽고 조철악이 부스스 상체를 비틀어 고개를 돌렸다.

순간 그의 얼굴을 발견한 태무악은 가볍게 놀랐다. 일그러진 얼굴에 붉게 충혈된 눈. 그리고 그 눈에 눈물이 그렁그렁 고여 있었던 것이다.

태무악은 적잖이 놀라 조철악에게 다가갔다.

"형님, 무슨 일입니까?"

"무악아……."

일그러진 얼굴로 태무악의 이름을 부르는 그의 눈에서 급기야 닭똥 같은 눈물이 주르르 흘러내렸고, 콧물까지 흘렀다.

"난 몰랐다… 정말 몰랐다……."

태무악은 조철악 앞에 앉으며 물었다.

"무엇을 몰랐다는 겁니까?"

"무간옥이라는 것이 있는 줄 몰랐고… 네가 무간자였다는 것을… 너에게 그런 아픔이 있는 줄은 정말 몰랐다……."

"형님."

태무악은 갑자기 가슴이 콱 막혔다. 조철악이 울면서 주먹으로 바위를 때리고 있었던 이유가 태무악이 가련해서, 그리고 천존이 너무도 죽이고 싶어서였다는 사실을 깨달았기 때문이다.

"너… 삼 년 전에 날 만났을 때… 그때… 무간옥에서 탈출하던 중이었느냐?"

"네, 형님."

뜨거운 것이 태무악의 배에서 치밀어 오르더니 가슴을 데우고 목까지 솟구쳤다.

"너는… 너는……."

조철악은 눈물과 콧물로 범벅이 된 일그러진 얼굴로 두 손을 뻗어 태무악의 어깨를 잡으며 감정이 복받쳐서 말을 잇지 못했다.

"무악아! 이놈아! 크허엉!"

그러더니 갑자기 태무악을 와락 끌어안고 그의 등을 쓰다듬으면서 울음을 터뜨렸다.

"형님……."

"이 불쌍한 녀석… 그 어린 나이에 부모를 잃고… 그런 지옥 같은 곳에서… 어이구, 불쌍한 놈……."

조철악은 태무악을 품에 안은 채 몸부림을 치면서 슬픔과 아픔을 주체하지 못하고 다 늙은 나이에 부끄러운 줄도 모른 채 껵껵 울어댔다.

그는 태어나서 처음 울고 있다. 부모가 누군지도 모르는 천애고아였기 때문에 가까운 사람이 없어서 그들의 아픔을 공유할 일이 없었기에 울어야 할 일도 없었다.

그는 어느새 태무악을 진정한 가족, 친형제로 여기고 있었다.

태무악은 조철악의 가슴에 얼굴을 묻은 채 가만히 있었다.

조철악의 슬픔과 아픔이 감동으로 변해서 태무악의 가슴으로 전해졌다.

북경성에 집을 구하여 홍랑네와 수피, 전영 등과 함께 살면서 가족인 양 꾸미고 있었지만 지금 같은 이런 느낌은 조금도 없었다.

태무악은 조금 전에 달을 보다가 주령이 자신의 가장 가까운 사람이라고 생각했다.

이제 거기에 조철악을 추가했다. 주령이 누이동생 같은 존재라면, 조철악은 형 같은 존재다.

그때 울음을 그친 조철악이 태무악의 등을 부드럽게 쓰다듬으면서 중얼거렸다.

"약속하마, 무악아. 형이 너와 함께 기필코 천존의 목을 자르고 말 테다!"

"형님……."

태무악은 천군만마를 얻은 듯 든든했다. 조금 전까지만 해도 세상천지에 자기 혼자뿐이라고 생각했는데, 지금 그의 마음속에는 두 사람의 가족이 싹틔우고 있다.

한 사람은 가까이에, 또 한 사람은 너무도 멀리에 있었다.

대승방은 태원성 서문 밖 가까이에 흐르고 있는 분수강 건너편 언덕에 위치해 있었다.

상류라 강폭은 그리 넓지 않아서 약 이십여 장쯤 됐으나 수심은 매우 깊었다.

강 양쪽에는 직선으로 마주 보며 각각 포구가 있었는데, 강 이쪽 포구에는 한 척의 배가, 건너편 포구에는 이십여 척의 크고 작은 배가 정박해 있는 광경이다.

또한 양쪽 포구에는 굵고 높은 기둥이 하나씩 세워져 있었으며 위와 아래로 한 줄씩 두 개의 밧줄이 서로 팽팽하게 연결되어 있었다.

강을 건너려는 배는 고리를 두 개의 밧줄에 걸어 잡아당겨서 손쉽게 도강(渡江)을 할 수가 있도록 만든 장치였다.

마주 보고 있는 두 개의 포구는 오직 대승방만이 사용하는 전용 포구였다.

그들은 태원성에 자주 왕래하고 많은 사람과 물자를 편리히게 나르기 위해서 강 양쪽 포구에 밧줄을 연결한 것이다.

태원성 쪽 포구에는 짙은 어둠 속에 여섯 사람이 서 있었다. 앞줄에 태무악과 조철악, 무간구십구호가, 뒤에는 단유랑, 유림, 유청이 나란히 서 있었다.

태무악은 비류문을 떠나기 전에 조철악에게 자신의 계획을 자세히 설명했다.

무간구십구호에겐 따로 설명할 필요가 없다. 그저 태무악 자신만 그림자처럼 따라붙으라고 얘기해 두었다.

여섯 사람이 주시하고 있는 강 건너 맞은편의 언덕 위에는 웅장한 규모의 대승방이 버티고 있었다.

이윽고 태무악은 상체를 돌려 뒤돌아보며 뒤쪽의 세 사람에게 일러주었다.

“대승방에 잠입하면 제일 먼저 대승방 수하를 제압하여 옷을 갈아입도록 해라.”

세 사람이 긴장한 얼굴로 조심스럽게 고개를 끄덕이자 태무악이 말을 이었다.

“나는 너희를 돌봐주지 못할 것이다. 각자 알아서 살아 나오도록 해라.”

그 말에 세 사람 표정이 더욱 긴장으로 물들었다.

슛.

그때 태무악이 가볍게 어깨를 흔들어 허공으로 반 장가량 둥실 떠오른 후 두 개의 밧줄 중에 아래쪽에 살짝 내려서는가 싶더니 밧줄을 딛으면서 강 건너를 향해 바람처럼 쏘아가기 시작했다.

그 뒤를 조철악과 무간구십구호, 유림, 유청, 단유랑 순으로 따랐다.

앞선 세 사람은 밧줄을 딛는 듯 마는 듯 추호의 흔들림도 없이 쏘아가는데 유림과 유청은 그러지 못했다.

두 사람이 딛을 때마다 밧줄이 가볍게 흔들리기 시작하더니, 잠시 후에는 마구 요동을 쳐댔다.

그것 때문에 두 사람은 미안하기도 하고 불안하기도 하여 초조함을 금치 못했다.

단유랑은 두 사람보다 한 수 위의 고수인데다 한껏 조심을 기했기 때문에 밧줄이 흔들리지 않았다.

"아!"

그때 내달리던 유청이 가볍게 탄성을 터뜨리며 몸이 크게 휘청거렸다.

초조한 상황에서 밧줄이 크게 흔들리는 바람에 한쪽 발을 헛디딘 것이다.

그녀가 강으로 추락하려고 할 때 뒤따르던 단유랑이 번개같이 손을 뻗어 그녀의 팔을 잡아주었다.

"괜찮아?"

놀라움과 당황함으로 얼굴이 홍당무처럼 붉어진 유청은 단유랑의 속삭임이 귀에 들리지 않았다. 대신 불안한 표정으로 태무악 쪽을 살폈다.

그러나 태무악 등 세 사람은 그녀에겐 신경도 쓰지 않은 채 달리고 있었다.

유청은 태무악이 돌아보지 않았으나 속으로 원망하고 있을 것이라는 생각이 들어 자신의 부주의함이 원망스러웠다.

아까 그녀는 태무악에게 큰 꾸지람을 들었다. 하지만 그보다 더 큰 깨달음을 얻었다.

깨달음을 준 그가 한없이 고맙기도 했으나 여자의 자존심을 무참하게 짓밟은 것이 야속하기도 했다.

그래서 그녀는 자신이 형편없는 여자가 아니라는 사실을 태무악에게 제대로 인식시켜 주고 싶었다. 그래서 이번 일에 따라나선 것이다.

그런데 칭찬은커녕 시작부터 실수를 저지르고 있으니 답답하기 짝이 없었다.

유청은 자신을 부축해 준 단유랑의 손을 가볍게 뿌리치고는 입술을 깨물고 쏜살같이 달려갔다.

단유랑은 달려가는 그녀의 뒷모습을 보면서 씁쓸한 표정을 지었다. 그녀가 지금 무슨 생각을 하고 있는지 충분히 짐작하기 때문이다.

강을 다 건넌 일행은 똑바로 언덕을 오르지 않고 크게 우회하여 뒤쪽에서 언덕을 올라갔다.

휙!

태무악은 전방의 대숭방 뒷담을 향해 신형을 날려 담에 걸리듯이 살짝 넘었고, 그 뒤를 조철악과 무간구십구호, 유림 등이 따라서 넘었다.

뒷담 안쪽은 그리 높지 않은 언덕 위에 위치한 인공 숲이었다. 일행은 곧장 숲을 가로질러 달려서 숲 가장자리에서 멈추었다.

그들의 눈앞에 오십여 채의 전각들로 이루어진 대승방의 장중한 전경이 펼쳐졌다.

"저기냐?"

조철악이 전각군 한복판에 우뚝 솟아 있는 오 층짜리 웅장한 전각을 가리키며 누구에게랄 것도 없이 전음으로 묻자 유림이 즉시 전음으로 대답했다.

"저곳이 대승방주의 집무실인 패각(覇閣)입니다."

슈우—

조철악은 가타부타 말도 없이 즉시 신형을 날려 패각을 향해 일직선으로 쏘아갔다.

언덕 위에서 쏘아가는 것이므로 마치 커다란 붉은 유성 하나가 비스듬히 내리꽂히는 것 같았다.

조철악이 쏘아가는 것을 보다가 유림이 태무악에게 조심스럽게 물었다.

"어떻게 하실 생각입니까? 정말 대승방 전체를 몰살시킬 것입니까?"

태무악이 회명부와 대승방, 귀촉루를 전멸시키려고 한다는 말을 단유랑에게 들었기 때문이다.

태무악이 유림을 보며 무표정한 얼굴로 되물었다.

“그러지 말아야 할 이유라도 있나?”

“그게 아닙니다. 대숭방은 천이백여 명이나 되는데 그들을 모두 죽인다는 것이 믿어지지 않아서…….”

유림은 말끝을 흐렸다. 무림에서 백여 명이 떼죽음을 당해도 발칵 뒤집어지는데 무려 천이백여 명을 죽인다니 상상이 가지 않았다.

말이 천이백여 명이지, 그것은 실로 엄청난 수다. 만약 정말 대숭방이 전멸한다면 이 사건은 무림을 완전히 뒤집어놓는 것일 뿐만 아니라 무림이 끝나는 날까지 인구에 회자될 대사건일 것이다.

태무악이 유림과 유청, 단유랑을 천천히 둘러보면서 쐐기를 박듯 입을 열었다.

“이 일이 성공하든 실패하든 앞으로 너희는 천존의 추적을 피할 수 없을 것이다. 그래도 하겠느냐?”

회명부의 일도 그렇고, 대숭방의 일도 신풍혈수가 저질렀다는 사실은 명백해질 것이다.

그러나 신풍혈수를 도운 하수인이 누군지는 선명하게 밝혀지지 않을 터이다.

그렇지만 언젠가는 천존의 촉수에 걸려들게 될 것이고, 그렇게 되면 단유랑의 가문인 안휘 벽파도문이나 유림, 유청의 비류문은 무사하지 못할 것이다.

"아버님께서 허락하셨습니다. 이제 와서 물러설 이유가 없습니다. 천존과 그의 세력은 하루속히 무림에서 사라져야 합니다. 비류문은 그 일에 전력을 다할 것입니다."

유림은 강인한 표정으로 못을 박았고, 옆에 서 있는 유청도 말없이 고개를 끄덕였다.

그들의, 아니, 비류문의 협의와 정의는 생각하는 것 이상으로 투철했다.

유림이 다시 말을 이었다.

"이왕이면 대승방이 다시는 일어서지 못하게 일패도지시키는 것이 좋을 것 같아서 말씀드리는 것입니다."

"어떻게 말이냐?"

단유랑과 유청도 궁금한 듯 유림을 주시했다.

유림은 대승방 전각군을 천천히 굽어보면서 지그시 어금니를 깨물었다.

"이곳을 깡그리 불태워 버리는 것입니다."

"좋은 방법이에요. 그러면 증거도 소멸될 뿐만 아니라 이곳에, 아니, 무림에 대승방이 있었다는 흔적조차도 말끔히 사라져 버리는 것이에요."

태무악은 잠시 생각해 보았다. 대승방을 이왕 몰살시킬 바에는 전각조차도 모조리 불태워 잿더미로 만드는 방법도 꽤 괜찮은 듯했다.

원래 그의 계획은 대승방의 윗대가리들이 머물고 있는 전각부터 잠입하여 쥐도 새도 모르게 차근차근 죽이다가 하급 수하들만 남게 되었을 때에는 드러내 놓고 마구잡이로 도륙한다는 것이었다. 그러므로 불을 지른다면 계획을 약간 변경만 하면 될 터이다.

그는 가볍게 고개를 끄덕였다.

"좋다. 내가 신호를 보내면 불을 질러라."

유림은 무슨 말을 할 듯 머뭇거렸다. 자신보다 태무악이 열 살이나 아래지만 몹시 어려워했다. 그에게는 조철악보다 태무악이 더 어려운 존재였다.

그것을 보고 유청이 당돌하게 앞으로 나서며 물었다.

"우리에게도 당신의 계획을 말씀해 주면 좋겠어요."

그 말을 하려고 했던 유림은 유청의 말에 깜짝 놀라는 표정을 지었다.

유청은 태무악의 무심한 얼굴을 보면서 가슴이 콩닥거리지만 용기를 내서 말을 이었다.

"설마 저희더러 눈을 가린 채 싸우라는 것인가요?"

태무악의 계획을 모르고 있으면 눈을 가린 것이나 다름이 없다는 뜻이다.

그녀의 당돌함에 유림은 물론 단유랑까지 적잖이 당황했으나 잠자코 있었다. 태무악의 계획이 궁금하기 때문이다.

태무악은 이들 세 사람에게 정보만 수집하라고 했지, 같이 싸우자고 말한 적이 없다. 이들이 죽어도 좋다면서 자발적으로 따라온 것이다.

그러므로 태무악으로서는 굳이 계획을 설명하지 않아도 된다고 생각했다.

지금 상황을 보면 지금 유청이 조금 억지를 부리고 있는 것이다.

태무악은 유청을 똑바로 쳐다보았다. 무심한 표정에 심연처럼 깊으며 빙정처럼 차디찬 눈빛은 절로 뼛골까지 저미게 만들었다.

유청은 여자로서 키가 큰 편이지만 태무악에 비하면 머리 하나 이상 작아서 고개를 젖히고 그를 올려다보면서 오금이 저리는 것을 느꼈으나 입술을 꼭 깨물고 견뎠다.

그녀는 태무악의 무심함을 극복해야 한다는 묘한 승부욕을 느끼고 있었다. 그런 것을 보면 그녀는 특이한 성격의 여자가 분명했다.

이윽고 태무악은 나직한 목소리로 중얼거렸다.

"나하고 형님이 좌겸을 비롯해서 열 명의 당주와 오십 명의 향주를 차례로 은밀하게 모두 죽이고 나서, 나머지 졸개들을 모조리 죽일 것이다."

그가 대답을 해주었다는 사실에 유청은 무척 기뻤고 그것을

내색하지 않으려고 애썼으나 두 눈과 입가에 기쁨의 미소가
피어나는 것을 감추지 못했다.

"그렇다면 오십 명의 향주를 죽인 직후에 우리가 불을 지르
면 되는 것입니까?"

"그렇다."

유청이 기뻐하고 있는 사이에 유림이 대신 묻고 태무악이
대답했다.

"어떤 식으로 신호를 보낼 것입니까?"

이번에는 단유랑이 물었다.

그러자 태무악은 입술을 오므려 기이한 소리를 냈다.

"휘이이~ 쪼로롱! 쫑쫑쫑!"

그것은 영락없이 밤새의 울음소리였다. 게다가 아주 맑고
고운 음색이며 또한 구슬펐다.

무간자들은 그런 비밀스런 신호를 수십 가지나 알고 있고
또 그것만으로도 충분히 의사소통을 할 수가 있다.

단유랑과 유림이 알았다는 듯 고개를 끄덕이고 있는데 유청
은 신기한 듯 태무악을 바라보다가 눈을 빛내며 앞으로 반걸
음 다가섰다.

"일이 끝나면 방금 그 소리를 어떻게 내는지 가르쳐 주시겠
어요?"

태무악은 잠시 그녀를 쳐다보다가 고개를 끄덕이고는 즉시

전각군 쪽으로 신형을 날렸다.

숫.

조철악은 대승방주 패곤황 좌겸의 집무실인 패각 오층 지붕에 추호의 기척도 없이 밤이슬처럼 내려섰다.

유림 등의 말에 의하면, 현재 패각에는 좌겸이 머물고 있으며, 그의 가족들은 사층과 오층을 사용한다고 했다.

태무악과 조철악은 패곤황 좌겸이 오래전부터 줄곧 대승방에 머물고 있었다는 유림 등의 말을 듣고 이상하다는 생각이 들었다.

태무악은 태상사사자 네 명이 함께 북경성에 있다는 사실을 자신이 제압했던 현무사위에게 직접 들었다.

그래서 현무사위에게 현무사자를 급습하라고 명령을 했다가 실패를 하지 않았던가.

그런 현무사자 패황곤 좌겸이 오랫동안 대승방에 머물고 있었다니, 무언가 꿍꿍이 속셈이 있는 것이 분명했다.

조철악이 좌겸을 처치하겠다고 나선 것은 그가 태무악보다 고강하기 때문이다.

태무악이 좌겸과 따로 일대일로 싸울 수 있는 처지라면 모험을 해볼 수도 있겠으나, 이런 식의 암습은 무엇보다도 속전속결과 은밀하게 해치우는 것이 관건이기 때문에 조철악이 맡은 것이다.

패각에 머물고 있는 자가 정말 좌겸일 경우에 태무악이 맡았다가는 대승방을 습격하는 계획 자체가 좌절될 수도 있는 것이다.

조철악은 청력을 돋우어 지붕 아래의 기척을 살폈다. 오층에는 열두 명이 있으며, 그중 열 명은 잠들었고 두 명이 깨어 있는 것을 감지했다. 깨어 있는 두 명은 아마도 호위고수일 것이다.

좌겸의 가족들은 감지되지 않았다. 그렇다면 패각에 있는 좌겸은 가짜일 가능성이 높다.

조철악은 창을 통해서 오층으로 잠입하려고 지붕의 처마 끝으로 미끄러지듯이 이동했다.

그때 그는 저 아래 광장에서 하나의 검은 인영이 패각 입구를 향해 나는 듯이 달려오고 있는 광경을 발견했다.

이런 시각에 패각으로 달려오는 자라면 한 가지 이유 때문일 것이다. 즉, 방주에게 급한 보고를 하려는 전령(傳令)이 분명하다.

머릿속에서 결론이 내려지면 그 즉시 행동으로 옮기는 것은 조철악과 태무악이 닮았다.

스으……

조철악은 판단이 서자마자 처마 끝에서 아래를 향해 뚝 떨어져 내렸다.

그즈음 광장을 가로질러 달려온 자는 막 패각 전문 입구에 도달해서 손에 쥐고 있는 서찰 하나를 전문을 지키는 호위고수에게 보여주면서 무슨 말을 하려고 했다.

그들이 마주 서는 순간, 머리 위에서 두 개의 커다란 손이 독수리 발톱처럼 넓고 날카롭게 펼쳐져서 그들의 머리를 덮어버렸다.

스르.

조철악이 양 손바닥을 통해서 공력을 뿜자 두 명은 즉시 숨이 끊어져 쓰러졌다.

아니, 쓰러지려는 것을 조철악이 잡아서 전각 벽에 기대어 눕혀놓았다.

이어서 그는 전령이라고 생각되는 자의 손에서 서찰을 빼내어 읽어보았다.

회명부가 습격을 당하여 회명자 삼십여 명과 화라선녀 다섯 명이 죽고, 무간구십구호가 실종되었음. 수법으로 미루어 무간백구호와 혈신마의 소행으로 추측됨. 즉시 관제산과 태원성을 중심으로 산서성 일대에 소천색령을 발동하기 바람.

회명총부주.

'이것 봐라?'

조철악은 재미있다는 표정을 지었다. 서찰의 내용은 몇 가지 사실을 증명하고 있었다.

첫째, 회명부가 대승방에게 도움을 요청한 것으로 미루어 대승방이 천존 휘하가 분명하다 것.

둘째, 회명부는 누가 습격자인지 정확하게 간파했다는 것.

셋째, 태무악의 무간자 시절 호칭이 무간백구호였다는 것.

넷째, 태무악과 조철악 두 사람을 잡기 위해서 소천색령을 발동하려는 것.

다섯째, 회명총부주가 회명부 습격 사실을 확인하고 직접 진두지휘를 하고 있다는 것 등이다.

문득 조철악은 두 눈에서 으스스한 살기를 흐릿하게 뿜으며 속으로 씹어뱉었다.

'이놈 자식들. 무악의 부모와 가족들을 살해하고 어린 것을 붙잡아다가 그런 생고생을 시켜놓고서도 뭘 잘했다고 지랄들이냐?'

그는 원래 자신의 삶에 별다른 목표나 희망이 없었다. 그저 발 닿는 대로 기분 내키는 대로 떠돌면서 아무렇게나 살아왔다.

그러나 이제는 확고한 목표가 생겼다. 태무악의 목표가 곧 조철악의 목표가 된 것이다.

숫.

그는 발끝으로 지면을 가볍게 박차고 수직으로 솟구치면서
속으로 이를 부드득 갈았다.

'천존의 앞잡이 놈들. 오늘 다 죽었다.'

유림과 단유랑 등이 가르쳐 준 대승방 내부의 위치는 너무
도 정확했다.

열 명의 당주는 패각을 중심으로 열 방향에 둥글게 포진한
열 채의 전각, 즉 당각(堂閣)에 각 한 명씩 거주했으며, 열 개의
당각은 각자 고유한 이름을 갖고 있다.

또한 열 개의 당각에는 각각 다섯 명씩의 향주가 기거하고
있다.

즉, 한 채의 당각에는 한 명의 당주와 그 아래 다섯 명의 향
주가 함께 거주하고 있는 것이다.

태무악은 첫 당각에 잠입하여 바짝 긴장한 상태였다. 대승
방주가 현무사자라면 대승방 당주와 향주들의 무공 실력이 만
만치 않을 것이라고 생각한 것이다.

그러나 그는 첫 번째 당각에서 당주와 향주의 수준을 확인
할 수가 없었다.

그가 워낙 귀신처럼 기척없이 방에 잠입하여 잠들어 있는
그들의 사혈을 찍어 죽이느라 직접 싸워볼 기회가 없었기 때

문이다.

그렇다고 해서 무위를 확인하기 위해서 자고 있는 자들을 일부러 깨워서 싸울 것까지는 없는 일이다.

태무악은 당주나 향주의 방에 잠입하기 전에 반드시 방금 전에 죽인 자의 얼굴로 변신을 했다. 매사에 철저함을 기하기 위해서다.

무간구십구호는 유림이 임시로 구해준 한 자루 장검을 뽑아 들고 그림자처럼 태무악의 뒤를 따랐다.

그를 그림자라는 표현 말고는 달리 설명할 방도가 없었다. 그는 있는 듯 없는 존재였으며 없는 것 같으면서도 있는 존재였다.

태무악과 무간구십구호의 행동을 누군가 봤다면 그 신묘함에 혀를 내둘렀을 것이다.

무간구십구호는 태무악의 딱 한 걸음 뒤나 좌우에 바짝 따르면서도 한 번도 부딪치거나 우물쭈물하지 않았다.

태무악이 멈추면 그도 멈췄으며, 태무악이 속도를 내거나 줄이고, 또 좌우로 방향을 틀면 그도 그대로 완벽하게 따라서 했다. 그야말로 그림자에 다름 아니었다.

태무악과 무간구십구호는 별다른 저항 없이 첫 번째에 이어 세 번째 당각까지 잠입하여 도합 세 명의 당주와 열다섯 명의 향주를 모조리 제거하는 데 성공했다.

그런데 네 번째 당각에서 약간의 문제가 발생했다. 그곳에는 당주는 없고 향주 한 명만 달랑 자고 있는 것이었다.

대승방은 원래 열 개의 당을 거느리고 있으며, 십당 중에서 두 개 당에 당지기(당직:堂直) 한 명씩을 놔두고 두 명의 당주와 여덟 명의 향주가 보름 동안 대승방 밖의 자신들 집에서 생활을 한다. 즉, 출퇴근을 하는 것이다.

그 사실을 모르는 태무악은 당지기 향주를 죽인 후에 보이지 않는 당주와 향주들을 찾으려고 무간구십구호와 함께 당각 내를 샅샅이 뒤졌지만 끝내 허탕을 쳤다.

그와 무간구십구호는 다섯 개 당각을 차례차례 거쳐서 당주와 향주들을 모두 죽이고 나와 여섯 번째 당각으로 쏘아가다가 맞은편에서 쏘아오는 조철악과 마주쳤다.

조철악은 방주의 거처인 패각에서 패곤황 좌겸을 제압하고 그 안에 있던 고수들을 모두 죽인 후에, 다시 다섯 개의 당각들을 차례로 거치면서 당주와 향주들을 모두 죽였다.

태무악은 첫 번째 당각에서 오른쪽으로 차례차례 거쳐 갔으며, 조철악은 태무악이 첫 번째로 잠입한 당각 왼쪽에서부터 차례로 잠입했다. 그것은 태무악의 계획이었다.

태무악과 무간구십구호, 그리고 조철악이 똑같이 각각 다섯 개씩의 당각을 해결했으나 조철악은 패각에서 좌겸을 제압하고 그곳의 고수들까지 모조리 죽였으니 그의 무위가 훨씬 높다는 사실이 입증된 것이다.

그즈음 동녘 하늘에 부옇게 여명이 밝아오고 있었다.

태무악이 조철악에게 가까이 다가가자 그는 엷은 미소를 지으면서 가볍게 고개를 끄덕였다. 모두 깨끗이 처치했다는 뜻이다.

“좌겸은 어땠습니까?”

“가짜다.”

태무악의 물음에 조철악은 눈살을 찌푸리며 씹어뱉었다.

“역시 그렇군요.”

두 사람의 예상이 맞았다. 현무사자는 대승방주 자리에 가짜를 앉혀놓았던 것이다.

“놈을 제압해서 바깥 강변의 갈대숲에 숨겨놓았다. 그리고 이따가 너에게 보여줄 것도 있다.”

회명총부주가 보낸 서찰을 가리키는 것이다.

“알겠습니다.”

태무악은 자신이 다섯 채의 당각을 도는 사이에 조철악이 패각을 말끔히 정리하고, 가짜 방주를 강변 갈대숲에 숨겨놓고 와서 다시 다섯 당각을 돌며 당주와 향주들을 죽였다는 생각을 하자 그가 자신보다 어느 정도 고강한지 어렵지 않게 짐작할 수 있었다.

태무악은 입술을 오므려 단유랑과 유림 등에게 약속했던 신호를 보냈다.

"휘이익~ 쪼로롱~ 쫑쫑쫑~!"

맑고 구슬픈 소리가 고즈넉하게 퍼져 나갔다.

"누구냐?"

그때 근처에서 순찰을 돌던 경호고수가 당각 앞마당에 마주 서 있는 태무악과 조철악, 무간구십구호를 발견하고 버럭 거칠게 소리를 지르며 달려왔다.

픽!

그러나 경호고수는 달려오다가 갑자기 보이지 않는 벽에 부딪친 것처럼 뒤로 확 튕겨져 날아갔다.

조철악이 발출한 지풍이 경호고수의 미간 한복판을 관통하여 그 충격으로 날아간 것이다.

"저기닷!"

"잡아라!"

방금 경호고수의 고함 소리를 듣고 여기저기에서 십여 명의 경호고수들이 태무악과 조철악을 향해 달려왔다.

"흐흐, 어디 손 좀 풀어볼까?"

철그렁!

조철악이 품속에서 무엇인가를 꺼내며 으스스하게 웃었다.

그의 손에 쥐어져 있는 것은 무간구십구호를 묶었던 금혈강철이었다.

그는 그것을 하나로 연결하여 둘둘 말아 쇠뭉치처럼 만들어
서 품속에 지니고 다녔다.

쉐앵! 쉐애앵!

그가 금혈강철 사슬을 허공에 돌리자 기이하고도 날카로운
음향이 흘렀다.

달려오던 대승방 경호고수들은 금혈강철 사슬이 풍차처럼
회전하면서 마치 저승사자의 울음소리 같은 파공음을 내자 기
세에 눌려 함부로 접근하지 못하고 주춤거렸다.

"이놈들!"

순간 조철악이 벽력같은 호통을 치면서 그들을 향해 무서운
기세로 덮쳐 갔다.

경호고수들은 급급히 도검을 휘두르며 마주 공격하면서 소
리를 지르며 서로를 독려했다.

"겁먹지 마라! 놈들은 세 명뿐이다!"

"물러서면 안 된다! 죽여라!"

퍼퍼퍼퍽!

그들의 외침의 여운이 채 사라지기도 전에 몽둥이로 잘 익
은 수박들을 박살 내는 소리가 한꺼번에 터졌다.

조철악은 이리저리 번쩍이면서 세 차례 사슬을 휘둘렀을 뿐
인데 경호고수들 십여 명은 모조리 머리통이 박살 나서 지푸
라기처럼 허공으로 훌훌 날아갔다.

"무악아! 너는 여기서 쉬고 있어라! 형이 이놈들을 죄다 저 승으로 보내고 오마!"

조철악은 콧바람을 내뿜으면서 한쪽 방향으로 쏘아가며 소리쳤다.

멀어지는 그를 바라보는 태무악의 입가에 자신도 모르게 엷은 미소가 피어났다.

가슴이 따뜻하고 흐뭇했다. 이런 기분은 난생처음 느끼는 것이다.

아까 비류문에서 펑펑 우는 조철악의 품에 안겼을 때와는 또 다른 기분이었다.

뭐랄까, 아까는 가슴이 촉촉했다면, 지금은 가슴이 훈훈하고 머리털이 쭈뼛거렸다.

그때 대승방 곳곳에서 다급한 외침이 어지럽게 터져 나왔다.

"와아앗! 불이닷—!"

"불을 꺼라! 물을 가져와라!"

태무악이 둘러보니 여기저기에서 벌건 불빛이 하늘을 물들이고 있었다.

단유랑 등이 약속대로 불을 지른 것이다. 그런데 전각 한두 채가 아니라 태무악이 있는 주위를 제외한 대승방의 거의 모든 전각에서 불길이 치솟고 있었다.

또한 전각들이 불타는 속도와 기세가 대단했다. 그냥 전각
에 불을 붙인 것이 아닌 듯했다.

대승방 전역에서 전각이 불타는 소리와 악쓰는 소리, 처절
한 비명 소리가 끊이지 않고 터져 나왔다.

그때 태무악은 자신 쪽으로 두 사람이 나는 듯이 달려오는
것을 발견했다.

그들은 단유랑과 유청이었으며, 태무악이 지시한 대로 대승
방 수하의 복장을 하고 있었다.

또한 단유랑은 양손에 커다란 통을 들고 있고, 유청은 양손
에 횃불을 쥐고 있었다. 전각에 불을 붙이고 다니다가 이리로
온 듯했다.

두 사람은 태무악을 발견하고는 반가운 표정을 짓더니 단유
랑이 즉시 근처의 전각으로 달려가 들고 있던 통의 마개를 열
고 그 안에 든 액체를 전각에 뿌려댔다.

직후 유청이 들고 있던 횃불로 전각에 불을 붙이자 맹렬한
기세로 타오르기 시작했다.

화르르—!!

두 사람은 다른 전각으로 달려가 똑같은 행동을 반복했다.

지켜보고 있던 태무악은 단유랑이 전각에 뿌린 액체가 기름
일 것이라고 짐작했다.

"대승방 창고에서 기름을 훔쳐 내서 각 전각들에 뿌리고 나

서 태 형의 신호를 기다리고 있었습니다."

"이것으로 모든 전각에 불을 붙였어요."

태무악 주위에 있는 네 채의 전각에 불을 모두 붙이고 달려
온 단유랑과 유청이 발갛게 상기된 얼굴로 말했다.

태무악의 좌우에 단유랑과 유청이 나란히 서서 불타고 있는
대승방을 묵묵히 응시했다.

"이래도 되는 것인지 모르겠군요."

문득 단유랑이 나직하게 중얼거렸다. 그의 얼굴에는 복잡한
표정이 떠올라 있었다.

"천이백여 명이면 정말 많은 사람인데… 이렇게 몰살을 시
켜도 되는 것인지… 이러면 우리도 천존하고 똑같은 인간이
아닌가 하는 생각이 듭니다."

그의 말을 듣고도 태무악은 끄떡도 하지 않았으나 뜻밖에
유청은 발끈하는 표정을 지었다.

"일벌백계(一罰百戒)예요."

"그것은 알지만 너무 가혹하다는 생각이……."

"그렇다면 단 가가는 무엇 때문에 천추부림에 가입한 것인
가요? 천존이 무림 전체를 좌지우지하는 행위를 중단시키려는
목적이 아니었나요?"

유청의 목소리가 조금 더 높아졌다.

"대승방은 산서무림의 절대자예요. 그것이 무엇을 의미하

는지 정말 모르는 건가요?"

"대승방이 산서무림에서 악행을 저질렀다는 뜻인가?"

"과거에는 악행이 아니었어요. 하지만 그들이 천존의 하수인으로 드러나는 순간부터 그들이 한 짓들은 모두 악행이 된 것이에요."

"그게 무슨 뜻이지?"

"대승방은 산서무림의 질서를 유지하고 평화를 유지한다는 명목으로 매달 산서무림의 수백 개 방, 문파들로부터 막대한 돈을 거두었어요. 우린 그 돈이 좋은 일에 쓰일 것이라고 생각하여 허리띠를 졸라매고 기꺼이 두 손으로 바쳤지요. 그런데 알고 보니까 그 돈들은 모조리 천존의 밑구멍으로 들어갔던 거예요. 산서무림 전체의 고혈을 쥐어짠 막대한 돈이 말이에요."

"……."

"그뿐이 아니에요. 대승방은 십여 년 전부터 수시로 산서무림의 방, 문파들로부터 뛰어난 고수들을 선발해서 데리고 갔어요. 그들을 갈고닦아서 무림에 꼭 필요한 인재로 등용시킬 것이라는 것이 이유였어요."

단유랑의 얼굴에 놀라운 기색이 떠올랐다. 그로서는 처음 듣는 말이었다.

유청의 얼굴에 싸늘함이 가득 물들었다.

“그렇지만 이제는 알겠어요. 대승방이 선발한 수천 명의 뛰어난 인재들이 천존의 하수인으로 이용되고 있었다는 사실을 말이에요.”

“음, 대승방이 그런 짓을…….”

“단 가가는 아직도 대승방의 천이백여 명을 죽이는 것이 너무한 처사라고 생각하나요?”

“아… 아니, 나는 몰랐어. 미안해, 청 매.”

단유랑은 착잡한 표정으로 유청에게 고개를 숙여 보였다.

태무악은 두 사람의 대화에 관심이 없는 듯 화광이 충천하고 있는 대승방을 묵묵히 응시했다.

그의 얼굴이 불빛을 받아 붉게 물들어 일렁거렸다.

단유랑과 유청의 목적은 정의와 협의지만, 태무악의 목적은 오직 복수다.

각자의 목적의 꼭대기에 천존이 버티고 있기 때문에 이런 일도 함께할 수 있는 것이다.

태무악은 천존을 죽일 수만 있다면 수단과 방법을 가리지 않는다. 또한 어떤 대가나 희생이라도 치를 수 있다.

그러나 단유랑이나 유청, 천추부림은 아닐 것이다. 그러므로 언젠가는 태무악과 그들 사이에 알력이나 의견 충돌, 결별이 생길 수도 있다.

그때를 대비해서라도 이들이나 천추부림에는 많이 의지하

지 않는 것이 좋을 듯하다.

더구나 인연을 빙자하여 가까운 사이가 되는 것은 더더욱 금물이다.

인간관계는 환경에 따라서 언제든지 친구도, 적도 될 수 있는 법이므로.

슥.

태무악은 말없이 몸을 돌려 조철악이 갔던 반대 방향으로 신형을 날려 쏘아갔고 무간구십구호가 그 뒤를 따랐다.

이제부터는 마구잡이 도륙이 시작될 터이다. 죽은 당주들과 향주들이 채 육십 명이 되지 않으므로 천이백여 명이 고스란히 남아 있다고 봐야 한다.

'내게 자비 따위를 기대하지 마라.'

그가 어금니를 지그시 악물고 쏘아가는데 뒤에서 유청이 고음으로 외치며 따랐다.

"같이 가요!"

그리고 그 뒤를 단유랑이 따랐다.

第六十七章

구명(求命)

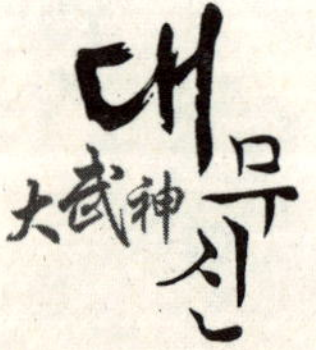

　대승방이 맹렬하게 불타면서 솟구친 거대하고 높은 불길과 연기는 수십 리 밖에서도 보일 정도였다.

　그래서 불길을 본 많은 무리가 강을 건너 대승방으로 몰려들었다.

　그러나 그들은 대승방 전체가 불타면서 뿜어내는 거센 열기 때문에 이십여 장 이내로 접근할 수가 없었다.

　몰려든 사람들은 먼발치에서 대승방이 불타는 것을 쳐다보면서 속수무책이었다.

　콰아아—!

화광이 충천하고 불타는 소리가 마치 거대한 태풍이 몰아치는 굉음 같아, 그 안에서 무슨 일이 벌어지고 있는지 밖에서는 전혀 알 수 없는 상황이다.

불을 지르자는 유림의 제안은 대성공을 거두었다. 전각 안에서 아무것도 모른 채 자다가 불에 타 죽은 자들이 절반 이상이나 됐다.

살아남은 자들이라고 해도 상황은 그다지 좋지 않았다. 불에 타죽지 않은 자들은 몸에 불이 붙은 상태로 전각에서 뛰쳐나와 땅바닥을 마구 뒹굴었다.

그리고 또 어떤 자들은 잠이 덜 깬 상태에서 속옷만 입은 채 맨몸으로 밖으로 뛰쳐나와 허둥거렸다.

태무악과 조철악, 무간구십구호가 무기도 없는 그들을 죽이는 것은 식은 죽 먹기보다 쉬웠다.

제대로 무기를 갖추고 싸울 준비가 되어 있는 자들은 고작 삼백여 명에 불과했다.

조철악 같은 절정고수와 태무악, 무간구십구호가 그들을 죽이는 것 역시 어려운 일이 아니다.

그것은 마치 한자리에 뿌리를 내린 채 이리저리 흔들거리는 갈대를 베는 것처럼 쉬운 일이다.

만약 대승방에 불을 지르지 않았다면 천이백여 명이나 되는 수하들을 일일이 다 죽여야만 했을 것이다.

　무림에서는 불을 질러 사람을 태워 죽이는 일이 금기시되어 있지만 태무악은 조금도 개의치 않았다.

　그러나 모든 일이 잘 풀리기만 한 것은 아니다.

　대승방에 불을 지른 것만으로도 할 일을 넘치도록 한 단유랑과 유림, 유청이 자신들도 대승방 수하들을 죽이겠다고 나선 것이 실수였다.

　그것은 달아오르는 분위기를 뿌리치지 못한 과욕이었다.

　태무악과 조철악에게만 대승방 수하들이 약한 존재일 뿐이지 단유랑 등에게까진 아닌 것이다.

　더구나 그들 세 사람은 태무악에게서 멀리 떨어진 곳에서 각자 서너 명씩의 대승방 수하들의 협공을 당하면서 고전을 면치 못하고 있었다.

　들끓는 혈기를 이기지 못하고 싸움에 뛰어든 객기의 대가를 혹독하게 치르는 중이다.

　단유랑이 네 명, 유림이 세 명, 유청이 네 명의 대승방 수하와 치열하게 싸우고 있다.

　모두 고전하고 있으나 그나마 단유랑과 유림은 가벼운 상처를 입은 상태에서 잘 버티고 있었다.

　문제는 유청이다. 그녀는 오라비인 유림보다는 반 수 정도 고강한 수준이라서 세 명 정도를 상대하면 팽팽할 텐데, 네 명이면 무리다.

　싸움은, 그리고 도검은 거짓말을 하지 않는다. 실력이 약하면 패하는 것이고, 도검에 찔리거나 베이면 피가 뿜어지고 몸의 일부가 잘려지기 마련이다.

　세 사람 중에서 유청의 부상이 가장 심했다. 어깨와 옆구리를 찔리고, 가슴과 뒤쪽 허벅지를 길게 베였다.

　지혈을 할 여유조차 없어서 상처에서는 계속 피가 흘렀으며 옷이 새빨갛게 물들었다.

　피를 너무 많이 흘린 그녀는 점점 더 어지러움을 느끼면서 비틀거렸다.

　“이놈들…….”

　그러면서도 그녀는 자신이 밀리고 있다는 사실 때문에 기분이 몹시 상해서 입술을 깨물며 눈을 세모꼴로 만들었다.

　그때 공격자 중 한 명이 유청의 허점을 발견하고 우측에서 맹렬하게 도를 그어왔다.

　쉬익!

　그러나 사실 유청은 일부러 허점을 드러내 적을 유인한 것이다. 이대로는 안 되겠다 싶어서 모험을 선택한 것이다.

　그녀는 남은 공력을 극한으로 끌어올려 검을 움켜쥔 오른손에 주입하고 있었다.

　키잇!

검은 도보다 훨씬 가볍기 때문에 약간 늦게 반격을 했어도 더 빠르게 적의 몸에 도달할 수 있다.

더구나 유청은 성난 독사처럼 잔뜩 노리고 있었으며, 전 공력을 주입하고 있었기 때문에 급습을 한 공격자보다 더 빨리 그의 목에 검을 꽂을 수 있었다.

푹!

뾰족한 검첨이 살과 뼈를 가르면서 목에 깊숙이 쑤셔 박히는 느낌이 그녀의 손으로 전해졌다.

중상을 입은 상태에서도 그런 느낌은 그녀의 등골을 찌릿하게 만드는 쾌감이 되었다.

'한 놈 해치웠……."

흰 이를 드러내고 속으로 득의하게 중얼거리던 그녀는 이상한 느낌에 안색이 확 굳었다.

"흑!"

순간 자신도 모르게 그녀의 입이 크게 벌어지면서 헛바람소리가 새어 나왔다.

등허리 아래쪽이 불에 달군 인두로 지진 것처럼 화끈했으며 숨이 콱 막혔다.

아니, 그 느낌은 곧 서늘함으로 바뀌었다. 그 서늘한 느낌은 등을 뚫고 뱃속으로 쑤시고 들어왔다.

그녀는 눈을 커다랗게 뜬 채 고개를 숙여 자신의 배를 내려다보았다.

투우…….

그녀의 아랫배 옷을 뚫고 반짝이는 뾰족한 쇠붙이가 튀어나오고 있는 광경이 똑똑히 보였다.

쇠붙이, 즉 검첨 끝에 방울방울 매달려 있는 새빨간 핏물이 또르르 굴러 아래로 떨어지는 것이 똑똑히 보였다.

그 순간 그녀는 벼락같이 상체를 뒤틀면서 뒤를 향해 발작적으로 오른손의 검을 휘둘렀다.

팍!

검을 통해서 묵직한 감촉이 전해졌으나 조금 전 같은 짜릿한 쾌감은 느껴지지 않았다.

그녀의 등허리를 찌른 대승방 수하는 목이 잘려 뒤뚱거리면서 검을 놓고 뒤로 물러났다.

순식간에 대승방 수하 두 명이 죽었다. 하지만 유청은 너무 큰 대가를 치렀다.

'쓰러지면 죽는다…….'

그녀는 자신의 등허리에서 아랫배로 깊숙이 찌른 검 한 자루를 매단 채 이를 악물고 충혈된 눈으로 남은 두 명의 대승방 수하를 번갈아 쏘아보며 으르렁거렸다.

"덤벼라……."

입에서 꾸역꾸역 피가 흘러나와서 말소리가 불투명했으나

그녀는 알지 못했다.

두 명의 대승방 수하는 유청이 반격하지 못할 것이라고 짐작하면서도 그녀의 순간적인 기세에 눌려 함부로 공격하지 못하고 주춤거렸다.

그때 우연히 그 광경을 발견한 단유랑은 심장이 튀어나올 만큼 경악했다.

그러나 자신이 그녀를 구하러 갈 수 없는 상황이라서 더욱 애가 탔다.

그가 보기에 유청은 그대로 놔둬도 등허리에 찔린 검 때문에 죽을 것 같았다.

그렇더라도 이대로 두고 볼 수는 없다. 무슨 수를 써서라도 살려야만 한다.

단유랑은 재빨리 두리번거리다가 저만치에서 대승방 수하들을 여유있는 동작으로 도륙하고 있는 태무악을 발견하고 다급히 외쳤다.

"태 형! 어서 청 매를 구해주십시오! 부탁합니다!"

태무악은 적을 죽이는 것을 멈추지 않은 채 힐끗 단유랑을 돌아보고 나서 유청을 쳐다보았다.

다음 순간 그는 오른손의 흑자검으로는 적들을 죽이면서 왼손을 품속에 집어넣었다.

그의 두 눈이 각각 다른 곳을 보고 있었다. 오른쪽 눈은 지

금 상대하고 있는 적들을, 왼쪽 눈은 유청 쪽을 보고 있는 것이
다.

슈슈슉!

집어넣었다고 여긴 순간 왼손이 품속에서 빠져나와 유청을
향해 뿌려졌고, 뒤이어 단유랑과 유림을 향해서도 똑같은 동
작이 이어졌다. 그 세 차례의 동작은 눈 한 번 깜빡할 사이에
벌어졌다.

쉬리링!

맑은 소리가 허공을 울리면서 단유랑 쪽을 향해 네 개, 유림
쪽으로 세 개, 유청 쪽으로 두 개의 푸른 빛살이 일직선으로 부
채가 펼쳐지듯이 확산되면서 쏘아갔다.

파파파팍!

다음 순간 그 푸른 빛살들은 단유랑과 유림, 유청을 공격하
던 대승방 수하들의 미간과 목, 뒤통수, 관자놀이 같은 얼굴 부
위에 적중했다.

아니, 적중하는 것과 동시에 피를 뿜으면서 반대편으로 빠
져나와 허공에서 급격하게 반원을 그리더니 다시 태무악을 향
해 쏘아갔다.

그것은 별 모양 같기도 하고 나비가 날개를 활짝 펼친 것 같
기도 한 모양의 추혈표였다.

태무악은 십여 장 이상의 거리에서 추혈표 아홉 개를 발출

하여 단유랑과 유림, 유청을 공격하던 대승방 수하 아홉 명의 급소를 정확하게 적중시킨 것이다.

더구나 그는 오른손으로는 대승방 수하들을 도륙하면서 왼손으로 추혈표를 발출했다. 단유랑과 유림이 보기에는 신기에 가까운 솜씨였다.

태무악이 되돌아온 아홉 개의 추혈표를 왼손을 뻗어 정확하게 잡아 품속에 갈무리했을 때, 비로소 추혈표에 머리가 관통당한 대승방 수하 아홉 명이 픽픽 쓰러졌다.

털썩!

상대하던 적이 죽자 긴장이 풀린 유청이 그 자리에 허물어지듯이 무릎을 꿇었다.

"하악! 하아……."

그녀는 자신의 아랫배를 한 뼘이나 뚫고 나온 검을 굽어보면서 가쁜 숨을 토해냈다. 눈빛이 풀리고 정신이 흐릿해지고 있었다.

"청 매!"

"청아!"

단유랑과 유림이 동시에 비명처럼 외치면서 유청에게 구르듯이 달려갔다.

유림은 아예 정신이 달아나서 손을 부들부들 떨고 있고, 단유랑이 급히 유청의 상처를 지혈시켰다.

그즈음 대승방 수하들은 오륙십 명 정도가 남았으며 완전히 전의를 상실한 상태였다.

그러나 도주를 할 수 있는 형편이 아니다. 그들이 있는 곳은 대승방에서 제일 넓은 광장 한복판이라서 불길의 영향을 가장 적게 받는다.

광장 둘레 십여 채의 전각들이 맹렬하게 불타면서 뿜어내는 가공한 열기 때문에 도주를 하려다가는 그보다 먼저 불에 타 죽고 말 상황인 것이다.

그러므로 그들은 태무악, 조철악, 무간구십구호가 자신들이 상대할 수 없을 정도의 고수라고 생각하면서도 도망칠 수도 없고 그렇다고 마주 대항하지도 못하는 어정쩡한 상황에서 우왕좌왕하고 있었다.

사력을 다해서 저항을 해도 당하지 못하는 형편인데 아예 싸울 생각조차 없으니 대승방 수하들은 그저 이리저리 허둥대다가 지리멸렬할 뿐이다.

"청 매!"

"으흐흑! 청아!"

태무악 등이 적들을 거의 죽여갈 무렵 단유랑과 유림의 처절한 절규가 터져 나왔다.

태무악이 힐끗 쳐다보니 유청은 무릎을 꿇은 자세로 고개를 푹 숙인 채 앉아 있고, 양옆에서 단유랑과 유림이 비통하게 울

부짖고 있었다.

"놈들을 마저 죽여라."

태무악은 잠시 그들을 지켜보다가 무간구십구호에게 지시하고는 그들에게 걸음을 옮겼다.

유청이 죽었거나 죽어가는 모양인데 보고도 모른 체할 수가 없었다.

태무악이 가까이 다가가 보니 심성이 곱고 유약한 성격의 유림은 눈물 콧물을 흘리면서 펑펑 울고, 단유랑은 일그러진 표정으로 어쩔 줄을 몰라 하며 당황하고 있었다.

그러다가 자신의 옆에 우뚝 서서 유청을 굽어보고 있는 태무악을 발견하고 다급하면서도 한줄기 기대 어린 표정으로 애원했다.

"태 형! 부디 청 매를 살려주십시오! 부탁합니다!"

그는 죽어가는 자신을 구해주었던 태무악의 의술이 탁월하다는 사실이 그제야 생각이 났다.

"비켜라."

태무악이 중얼거리면서 유청 옆에 앉으려 하자 단유랑이 급히 유림을 잡고 두어 걸음 뒤로 끌어냈다.

태무악은 가까이 다가갔는데에도 유청에게서 호흡을 느낄 수가 없었다.

촌관척(寸關尺)을 잡아보니 아주 흐릿하게 맥이 남아 있는 것이 느껴졌다.

의술에 대해서 남다른 조예를 지니고 있는 태무악이 보기에도 매우 심각한 상태였다. 전력을 다해도 그녀를 살릴 수 있다는 확신이 서지 않았다.

더구나 이곳은 치료를 할 만한 장소가 못 되기 때문에 안전한 장소로 옮겨야만 한다.

그때 대승방 수하를 마지막 한 명까지 모조리 죽인 조철악과 무간구십구호가 다가왔다.

조철악은 태무악의 뒤에 서서 저만치 바깥쪽을 쳐다보며 중얼거렸다.

"불길을 보고 구경꾼들이 많이 몰려온 모양이다."

태무악은 단유랑과 유림을 쳐다보았다. 단유랑은 태무악이 쳐다보는 뜻을 알아차렸으나 유림은 걱정과 슬픔에 빠져서 제정신이 아니었다.

구경꾼들이 많이 몰려들었다면 이곳을 빠져나갈 때 단유랑과 유림 등의 얼굴이 노출될 것이다.

그렇게 되면 두 사람의 가문인 벽파도문과 비류문이 위험해질 것은 불을 보듯 뻔한 일이다.

단유랑은 태무악과 유청을 번갈아 쳐다보면서 어찌할 바를 몰라 했다.

태무악은 유청을 보며 중얼거렸다.

"그녀는 내가 안전한 곳으로 데려가서 치료를 할 테니 너희
는 각자 이곳을 빠져나가라."

유청은 태무악을 돕다가 이 지경이 됐으므로 그에게 책임이
있는 것이다.

그의 말에 단유랑은 살았다는 듯 안도의 표정을 지었다. 그
의 그런 모습은 태무악을 절대적으로 신뢰하기 때문에 가능한
것이다.

단유랑은 아직도 정신을 차리지 못하고 있는 유림을 설득해
서 몸을 일으켰다.

이어서 죽은 대승방 수하의 옷을 찢어 복면을 하여 얼굴을
가린 후 태무악에게 일별을 던지고는 태원성하고는 반대 방향
인 서쪽을 향해 신형을 날렸다.

"너는 형님을 따라가라."

태무악이 무간구십구호에게 말하자 그는 가볍게 고개를 끄
덕이며 알았다는 시늉을 했다.

유청의 지금 상태로 봐서는 멀리 갈 수가 없다. 대승방을 벗
어나는 대로 가깝고도 안전한 장소를 찾아서 치료를 서둘러야
만 한다.

그렇지 않으면 유청은 태무악으로서도 손을 쓸 수 없는 상
태가 되거나 죽고 말 것이다.

"형님, 비류문으로 가십시오."

"알았다."

조철악에게는 구태여 미행을 조심하라는 등 쓸데없는 말을 할 필요가 없다.

그는 무간구십구호에게 가자는 말도 없이 훌쩍 신형을 날려 남쪽으로 쏘아갔다.

인간관계를 형성하고 있는 것이 침묵이나 냉정함이라고 알고 있는 무간구십구호는 태무악에게 그랬듯이 그림자처럼 조철악의 뒤를 따라갔다.

이윽고 태무악은 유청을 조심스럽게 안고 일어섰다. 등허리에 꽂혀 있는 검은 아직 뽑아서는 안 된다.

지혈을 하는 것은 간단하지만 내장이 어떻게 얼마나 다쳤는지를 알고 나서 뽑아야 하기 때문이다.

태무악은 주위를 둘러보다가 대승방 뒤쪽으로 쏘아갔다. 아까 그곳이 숲이고 그 너머가 산인 것을 봐두었다.

전각 사이를 통과할 때 양쪽에서 거센 열기가 뿜어졌으나 호신막을 일으켜 자신과 유청을 보호한 상태에서 쏜살같이 지나가 비스듬히 솟구쳐 오르며 담을 넘었다.

대승방 뒤쪽은 바로 숲이 우거져 있어서 그곳에는 구경꾼들이 보이지 않았다.

태무악은 숲 속으로 곧장 쏘아 들어가 약 반 각 동안 질주하다가 산이 나오자 산 뒤로 돌아가 산기슭 가시덩굴 속에 교묘하게 감춰져 있는 하나의 작은 동굴을 발견하고 지체없이 안으로 들어갔다.

물론 동굴까지 오는 동안 일체의 흔적을 남기지 않은 것은 당연하다.

현무사자가 직접 거느리고 있는 대승방을 불 지르고 전멸시켰으니 추적이나 조사가 얼마나 철저하게 이루어질는지는 깊게 생각하지 않아도 짐작할 수 있다.

생각 같아서는 대승방에서 더 멀리 벗어나고 싶지만 유청의 목숨이 경각에 달려 있어서 그럴 수가 없다.

어쩌면 여기까지 달려오는 사이에 그녀가 죽었을지도 모르는 일이다.

그렇더라도 어쩔 수 없는 일이다. 태무악은 나름대로 최선을 다했으니까.

동굴 입구는 기다시피 들어가야 했는데 일 장쯤 진입하자 조금 넓어져서 사람 하나를 눕힐 수 있을 만한 공간으로는 충분했다.

유청을 옆으로 누인 후 촌관척을 짚었다. 아까보다는 다소 흐릿해졌으나 맥은 남아 있었다. 그러나 호흡은 거의 느껴지지 않았다.

오화별기를 일으켜 그녀의 촌관척에 오 푼가량 주입시켜 다섯 군데 혈맥을 따라 전신을 흐르게 했다.

그렇게 열 호흡쯤 지났을 때 유청의 전신혈맥을 일 주천한 오화별기가 돌아와 태무악의 손으로 흡수되었다.

오화별기의 원천은 오행지기이며, 다섯 개의 각기 다른 성질의 기운이다.

그것들이 지금처럼 다친 사람의 체내에 주입되면 일 주천을 하면서 어떤 부위에 어느 정도의 부상을 입었으며, 혈맥과 장기, 혈류의 상태는 어떤지, 공력이 얼마나 손실됐으며 얼마큼이나 남았는지 등을 시술자에게 알려준다.

인간의 몸속에 있는 모든 것들, 즉 장기나 내장, 근육, 뼈, 혈맥 등은 자체적으로 특유의 진동파를 발출하고 있다.

그런데 어떤 부위에 상처를 입거나 이상이 발생하면 진동파가 평소만큼 활발하지 못하게 된다.

오화별기는 전신을 흐르다가 그것을 감지하여 시술자에게 전달해 주는 것이다.

이 수법은 난경 중에 수록된 교맥보기라는 수법 가운데 하나이며, 혹독한 수련을 거친 후 고도의 집중력을 발휘해야만 전개할 수 있다.

태무악은 유청의 상처를 자세히 살펴보지 않고서도 어깨와 옆구리, 가슴, 허벅지 뒤쪽, 그리고 등허리와 아랫배를 관통하는 상처를 입었다는 사실을 교맥보기로 간파해 냈다.

다섯 군데 상처가 모두 심했으나 그중에서도 등허리 관통상이 제일 위중했고, 그다음이 가슴, 옆구리, 허벅지, 어깨 순서였다.

그는 조심스럽게 유청의 상의를 찢어 위로 걷어 올리고 바지를 무릎까지 끌어내렸다.

이어서 옆으로 누운 자세인 그녀의 골반을 한 손으로 틀어 잡은 채 다른 손으로는 등허리에 꽂힌 검의 손잡이를 움켜잡고 천천히 뽑기 시작했다.

꽂힌 각도에 따라서 제대로 뽑아내지 않으면 날카로운 검신이 뽑히면서 다른 장기나 내장에 상처를 내는 이차 부상이 초래되기 때문에 조심을 기해야 한다.

검이 완전히 뽑히자 빠르고도 능숙한 솜씨로 등허리와 아랫배의 관통 부위를 지혈하고 천천히 똑바로 눕혔다.

본격적인 치료 전에 동굴 밖으로 나가 조금 전에 혹시 흔적을 남기지 않았는지 확인하고, 누런 풀들을 모아 입구를 은폐시킨 후에 유청 곁으로 돌아왔다.

이어서 유청 옆에 단정한 자세로 앉아 오화신경을 운공하여 극한으로 끌어올렸다.

원래 그는 오행신체의 전설적인 신체라서 몸의 일부가 잘리지 않는 한 어떤 상처를 입어도 그대로 놔둬도 다른 사람들보다 몇십 배 빠르게 자연치유가 되는 신비한 신체적 조건을 지니고 있다.

그런데다가 오화신경을 운공조식하면 단지 그것만으로 상처가 더욱 빠르게 아문다.

웬만한 상처라면 하루 만에 아물고, 아무리 극심한 상처라고 해도 열흘이면 충분하다.

후우우—

태무악의 몸에서 다섯 가지 색깔의 흐릿한 기운이 뿜어져 나와서 각 색깔마다 하나의 띠를 형성, 다섯 개의 둥근 띠가 그의 몸을 중심으로 느릿하게 회전하기 시작했다.

그런데 다섯 개의 띠가 각자 다른 방향으로 회전했다. 맨 위의 청색 띠는 오른쪽으로, 그다음 홍색 띠는 왼쪽, 그리고 그 아래 갈색 띠는 다시 오른쪽의 식이었다.

슥.

그는 오른손을 뻗어 손바닥을 활짝 펼쳐서 유청의 아랫배의 뻥 뚫린 상처를 덮었다.

상처는 아랫배 맨 아래쪽 우거진 수풀 윗부분에 있다. 등허리를 찌른 검이 비스듬히 아래로 관통을 한 결과다.

약간 볼록한 앙증맞은 배를 덮고 있는 태무악의 손은 워낙 커서 손가락들이 속곳 속으로 들어가 우거진 수풀을 덮은 상태다.

스으으…….

몸 주위를 회전하고 있는 다섯 개의 띠 중에서 황색 띠가 그의 몸속으로 스며들더니 곧이어 오른손을 통해서 유청의 아랫배로 주입되기 시작했다.

오행 중에서 황색은 땅, 즉 대지를 뜻하고 황색 띠는 대지의 기운으로서 끊어지고 잘라진 장기와 내장을 접합하는 기능을 담당하고 있다.

그의 손이 느릿하게 움직이며 배와 옆구리, 속곳 속으로 들어가 복부에 해당하는 전체 부위에 골고루 황별기(黃別氣)를 주입했다.

그 상황에서 유청의 은밀한 부위를 가리고 있는 어린아이 손바닥만 한 크기의 속곳 끈이 툭 풀어져서 벗겨졌다.

하지만 태무악은 알지 못했고, 설혹 알았다고 해도 신경을 쓰지 않았을 것이다.

그가 의술이 뛰어나고 교맥보기에 능숙하다고 해도 지금처럼 전 공력을 사용하여 죽음 일보 직전에 놓인 사람을 구하는 일은 몹시 어렵고도 시간이 오래 걸린다.

이번에는 그의 오른손이 푸른색으로 물들며 유청의 복부로 청별기(靑別氣)가 주입되기 시작했다.

청별기는 하늘의 기운으로 접합된 상처를 원래의 상처로 환원시키는 효능을 한다.

약 반 시진에 걸쳐 유청의 복부 상처를 치료한 태무악의 얼굴은 온통 굵은 땀투성이였다.

전력을 다한 것만큼 아랫배 치료는 잘된 것 같았다. 하지만 잠시라도 쉴 수가 없다.

복부의 관통상 정도는 아니더라도 가슴의 상처도 매우 깊고 위험하기 때문에 즉시 손을 쓰지 않으면 안 된다. 어떤 상처로 인해서 그녀가 죽게 되면, 바로 그 상처가 가장 위중한 상처가 되는 것이다.

유청의 가슴을 치료하기 위해서 태무악은 복부 위까지 걷어 올렸던 유청의 상의를 위로 더 밀어 올렸다.

그러나 풍만한 젖가슴에 옷이 걸려서 더 이상 올라가지 않았다. 촌각이 급박한 상황에 옷까지 속을 썩였다.

찌익!

그는 두 손으로 상의 앞섶을 잡고 양쪽으로 가볍게 힘을 주어 찢었다.

이어서 거치적거리지 않게 찢어진 옷을 그녀의 몸에서 아예 떼어내 한쪽으로 내던졌다.

손바닥 반의반만 한 젖가리개는 양쪽 젖가슴 사이가 갈라져 있었다.

가슴이 도에 베이면서 갈라진 것이다. 그러므로 물론 상처는 양쪽 젖가슴 사이의 깊은 계곡이었다.

상처는 수직이 아니었다. 오른쪽에서 왼쪽으로 약간 삐딱하게 내리그어진 상처라서 가슴 사이의 계곡과 왼쪽 젖가슴 아래 부위 이 할 정도가 뭉텅 잘려져 나간 상태였다.

하지만 젖가슴이 잘려 나간 것이 중요한 것이 아니다. 계곡 사이를 깊게 그은 도가 살은 물론 갈비뼈마저도 세 개나 완전히 끊어놓았고, 그 안쪽의 폐에도 상처를 입혔다. 그러므로 문제는 폐의 상처였다.

태무악은 젖가리개를 집어 던지고 가슴의 상처를 치료하기 시작했다.

밖은 아침이라고 해도 동굴 입구를 촘촘하게 가렸기 때문에 동굴 깊은 곳은 몹시 어두웠으나 태무악에게는 문제가 되지 않았다.

생각하지도 않았던 전혀 엉뚱한 것 때문에 그는 애를 먹고 있었다.

바로 유청의 너무도 크고 탄력있는 두 개의 젖가슴 때문이었다.

그렇지만 피에 범벅된 젖가슴은 본래의 아름다운 모습하고는 거리가 멀었다.

조금도 처지거나 퍼진 모습이 아닌 젖가슴은 도도하게 우뚝 서 있어서 그 사이의 좁은 계곡 속 갈비뼈와 폐를 치료해야 하는 태무악으로서는 여간 성가신 것이 아니었다.

양쪽으로 젖혀놓으면 어느샌가 다시 오뚝 서 있고, 양손 바깥쪽으로 밀어낸 상태에서 치료를 하려니까 손을 마음대로 사용할 수가 없었다.

얼굴뿐 아니라 온몸이 땀으로 흠뻑 젖은 태무악은 젖가슴이 매우 신경이 쓰였다. 아니, 은근히 짜증까지 났다.

속—

그는 즉시 품속에서 소검 한 자루를 꺼냈다. 거치적거리는 두 개의 젖가슴을 베어내려는 것이다.

급소가 아니기 때문에 베어내고 지혈만 하면 그만이라는 생각이다.

여자에게 젖가슴이 얼마나 중요한 부위인지, 젖가슴이 없는 여자는 여자로서의 가치를 상실했다는 것 따위는 그가 알 리 없다.

그가 거침없이 소검을 한쪽 젖가슴 아래쪽에 바짝 갖다 대자 면도(面刀)보다 더 예리한 검신이 젖가슴 밑둥을 살짝 베었다.

그런데 그는 거기에서 행동을 멈추었다. 불현듯 짐승의 어미가 새끼를 낳으면 젖을 먹여서 키운다는 생각이 났기 때문이다.

그러므로 유청의 젖을 잘라 버리면 그녀가 나중에 아기를 낳았을 때 젖을 먹이지 못하게 될 것이라는 사실에 생각이 미친 것이다. 순전히 그 이유 때문이다.

第六十八章

몰살(沒殺)

大武神 대무신

유청은 삼 년 전의 단유랑보다 더 위중한 상태였다.

그것은 태무악이 그때보다 지금 더 힘겹게 유청의 목숨을 살렸다는 의미이다.

치료를 끝낸 그는 한차례 운공조식을 한 후 그 자리에 털썩 누워 잠이 들었다. 열 호흡이 지나기도 전에 그는 죽음처럼 깊은 잠에 빠져들었다.

무간자는 꿈을 꾸지 않는다. 그런데 태무악은 잠이 들고 얼마 지나지 않아서 꿈을 꾸었다.

추호의 과장도 없이 너무나도 생생해서 그것이 현실인 줄 알고 그는 꿈속에 깊이 함몰했다.

그로부터 두 시진 후에 유청은 정신이 들었다.

정신을 차리자마자 기다렸다는 듯이 그녀가 정신을 잃기 직전의 처절했던 상황이 머릿속을 가득 채웠다.

그리고 그 끝에 등허리와 아랫배에 검을 관통당한 채 무릎을 꿇었다가 정신을 잃어가던 마지막 순간이 생각났다.

그 당시에 그녀는 '내가 이렇게 죽는구나' 라고 생각하며 비통한 심정이었다.

'나는… 어떻게 되었을까……'

귀를 기울였으나 아무 소리도 들리지 않았다. 활활 타오르던 대승방의 불길도, 아비규환의 비명 소리도, 싸우는 소리도 들리지 않았다.

그녀는 마치 자신이 무덤 속이나 바다 깊은 바닥에 가라앉아 있는 듯한 느낌이 들었다.

'나는 죽은 것일까……?'

속으로 그렇게 생각하면서 가만히 눈을 떴다.

캄캄해서 어둠밖에 보이지 않았다. 아니, 어쩌면 어둠이라는 것마저도 없는 것 같았다.

'역시 나는 죽은 것일까?'

그렇게밖에는 생각할 수가 없었다. 그래서 자신이 땅속에

묻힌 것이라고 여겨졌다.

그러자 갑자기 눈물이 울컥 솟구쳤다.

그런데 그 순간 그녀는 두 줄기 물기가 양쪽 눈초리를 타고 귀로 흘러내리면서 서늘한 느낌을 받았다.

그리고 자신도 모르게 손을 들어 눈을 만졌다. 손에 축축한 물기가 전해졌다.

"······!"

정신이 번쩍 들었다. 죽었는데 어떻게 눈물을 흘리고 또 그것이 느껴지는지, 더구나 지금 손으로 만져지는 것은 자신의 눈이 아닌가. 또한 눈으로도 손이 느껴지고 있다.

그뿐만이 아니다. 숨을 쉬고 있는 것이 느껴졌으며, 다리와 엉덩이, 등으로 울퉁불퉁한 땅바닥이 느껴졌다.

'아······.'

그녀는 혹시 자신이 살아 있으며 어떤 캄캄한 곳에 누워 있는 것이 아닐까 하는 한가닥 기대를 품었다.

그리고 뒤늦게 몸 여기저기에 통증이 느껴졌다. 등허리와 아랫배, 가슴, 옆구리… 그곳들은 분명히 그녀가 대승방에서 싸움 중에 다쳤던 부위였다.

그런데 심하게 아프진 않았다. 아니, 마치 상처를 입고 수십 일이 지나서 상처가 아물고 있을 때의 은은한, 그러나 기분이 좋은, 그런 통증이었다.

죽지 않았다. 살아 있는 것이 분명했다.

'대체 어떻게?

도무지 믿을 수 없는 일이다. 그녀는 죽어가고 있었다. 절대로 살아날 수 없는 극심한 중상을 입은 상태였다. 그런데 지금 버젓이 살아 있지 않은가.

지금 그녀가 느끼고 있는 여러 징후들은 살아 있음을 생생하게 증명하고 있다.

눈동자를 이리저리 굴리던 그녀는 문득 자신의 옆에 무엇인가 시커먼 물체가 있는 것을 느끼고 고개를 돌려보았다.

고개가 돌아갔다. 그뿐 아니라 자신의 옆에 한 사람이 누워 있으며 그가 태무악이라는 것을 알아보았다.

'이 사람이 나를?

똑바로 누워서 눈을 감고 입을 꾹 다문 채 깊이 잠들어 있는 태무악의 얼굴을 바라보면서 유청은 경악했고, 그다음에 해일 같은 파도가 온몸을 휩쓸었다.

그녀는 한참이나 태무악을 바라보면서 수많은 생각들이 꼬리를 물고 이어졌다.

이윽고 그녀는 고개를 똑바로 하고 눈을 감은 후 운공조식을 시작했다.

이각 후, 운공조식에서 깨어난 그녀는 놀라움을 금치 못했다. 그토록 극심했던 상처가 말끔히 치료된 사실을 깨달았기 때문이다.

　'이럴 리가 없어…….'

　불신에 휩싸인 그녀는 다시 운공조식을 했다. 진기를 온몸으로, 그리고 상처와 장기, 내장, 뼈와 근육으로 보내서 아까보다 더 세밀하게 샅샅이 살펴보았다.

　그러나 결과는 처음이나 같았다. 아니, 처음 운공조식에서는 미처 몰랐던, 공력이 칠 할이나 회복되었다는 사실을 깨닫게 되었다.

　'어떻게 이런 일이…….'

　그녀는 얼굴 가득 경악을 떠올린 채 다시 태무악을 바라보았다.

　그는 여전히 곤한 잠에 빠져 있었는데, 유청의 눈에는 그의 모습이 조금 전하고는 크게 달라 보였다.

　뭐라고 표현하기 어려운 복잡한 감정들이 유청의 머리와 가슴속에서 마구 소용돌이치고 있었다.

　이윽고 그녀는 조심스럽게 상체를 일으켜 보았다. 상처를 입었던 부위들이 약간 결리기는 했으나 쉽게 상체가 일으켜졌다.

　"……!"

　다리를 쭉 뻗고 앉은 자세가 된 그녀는 그 순간 너무 놀라서 하마터면 비명을 지를 뻔했다.

자신이 알몸이 되어 있는 것을 발견한 것이다. 놀라움 다음에는 분노와 부끄러움이 한꺼번에 파도처럼 휩쓸었다.

급히 주위를 둘러보니 주위에 그녀의 옷들이 찢어진 채 흩어져 있는 것이 발견됐다.

그녀는 휙 신경질적으로 태무악을 쳐다보았다. 눈이 한껏 커지고 입술을 피가 나도록 꼭 깨물었다.

눈에서 불꽃이 뿜어지는 듯했다. 하지만 그렇게 잠시가 지났을 때 그녀의 표정이 부드럽게 풀어졌다.

그녀는 무지몽매한 여자가 아니다. 아니, 오히려 다른 사람들보다 현명하게 사리분별을 할 줄 아는 여자다.

그녀는 자신이 왜 알몸이 되었는지 어렵지 않게 짐작할 수 있었다.

자신과 태무악의 입장이 바뀌었다고 해도 치료를 하기 위해서는 옷을 벗길 수밖에 없었을 것이다.

또한 그녀는 부끄러움 따위를 개의치 않는 무림의 여자가 아닌가.

이제 화는 나지 않았다. 다만 견딜 수 없는 부끄러움이 뜨거운 물을 뒤집어쓴 것처럼 온몸에 전율을 일으켰다.

"엄마……."

그때 갑자기 태무악이 흐릿하게 잠꼬대를 했다.

유청은 처음에 그것이 무슨 말인지 잘 알아듣지 못했지만

귓전에 남아 있는 말의 여운을 곱씹어 생각하니까 ‘엄마’ 라는
뜻이었다.

그녀는 깜짝 놀라서 그를 쳐다보았다.

“아버지…….”

태무악은 더없는 슬픔으로 일그러진 표정을 지으며 다시 잠
꼬대를 했다.

그는 꿈속에서 세 살배기 어린 나이로 돌아가 고향집에서
부모와 함께 행복한 한때를 보내고 있었다.

꿈속에서는 너무도 행복한데, 어쩐 일인지 얼굴은 슬픈 표
정을 하고 부모를 안타깝게 부르고 있었다.

“천존… 내 부모를 죽이지 마라…….”

태무악은 안타까운 표정을 지으며 두 손으로 허공을 허우적
거리면서 중얼거렸다.

유청은 얼굴이 슬픔으로 가득한 그가 눈물을 흘리고 있는
것을 발견하고 자신도 모르게 가슴이 찢어지는 듯한 슬픔을
느꼈다.

정오가 일각쯤 지난 시각.

많은 사람들이 잿더미가 된 대승방 주위에 몰려들어 있었
다.

그들 중에는 잿더미를 뒤지면서 무언가 단서를 찾으려고 조

사하는 사람들도 있었으나 대부분 단순한 호기심 때문에 구경을 하러 온 것이다.

그렇다고 조사를 하는 사람들이 현무사자 휘하인 현무중장 인물들은 아니다.

그들은 태원성 인근의 방, 문파들 사람으로서 이웃 방파가 왜 갑자기 잿더미가 됐는지 순수한 동료애로 조사를 하고 있는 것이다.

근 천여 명의 사람들이 대승방 주위에서 웅성거리고 있을 때 숲에서 두 사람이 걸어나왔다. 하지만 사람들은 그 두 사람을 눈여겨보지 않았다.

두 사람은 태무악과 유청이었다. 비류문으로 돌아가려면 대승방을 지나야 하는데 멀찌감치 돌아가지 않고 곧바로 질러가고 있는 것이다.

몰려든 사람들은 태무악과 유청이 설마 대승방을 몰살시킨 장본인일 것이라고는 꿈에도 생각하지 못하고 놀란 얼굴로 대승방을 구경하며 수군거리기에 바빴다.

태무악은 구경꾼 뒤쪽으로 성큼성큼 걸어가다가 대승방 쪽을 한 번 힐끗 보고는 이후 두 번 다시 그쪽으로 시선을 주지 않았다.

뒤를 따르는 유청은 태무악의 뒷모습만 주시하려고 애를 썼으나 자꾸 대승방으로 눈길이 가는 것을 어쩌지 못했다.

태무악은 홍랑의 아버지 당경림의 모습을 하고 있었다.

하지만 진면목을 바꾸지 않고 알몸 위에 태무악의 커다란 겉옷을 외투처럼 걸치고 있는 유청의 모습은 곧 사람들 눈에 띄었다.

"아니! 비류문 소문주이신 비류일선 유청 여협 아니십니까?"

유청의 옆쪽에서 누군가의 놀라는 목소리가 들려왔다.

그녀는 움찔 놀랐다. 앞을 보니 태무악은 뒤도 돌아보지 않고 계속 걸어가고 있다.

그래서 그녀도 약간 고개를 숙이고 종종걸음으로 부지런히 그의 뒤를 따랐다.

"소문주! 혹시나 해서 드리는 말씀인데… 비류문이 멸문한 사실을 알고 계십니까?"

"……!"

그 말에 태무악과 유청은 똑같이 걸음을 멈추고 홱 뒤돌아보았다.

유청은 방금 말소리가 들려온 쪽을 바라보며 떨리는 목소리로 물었다.

"비류문이 멸문하다니… 그게 무슨 말이죠?"

그러자 가까이에 있는 어느 삼십대 중반의 경장인이 그럴 줄 알았다는 듯한 표정으로 대답했다.

“역시 모르고 계셨군요. 저도 자세한 내용은 모릅니다만…
성내에 비류문이 몰살당했다는 소문이 파다해서 달려가 봤더
니 정말 단 한 명의 생존자도 없더군요.”

유청은 아직 충격을 받은 표정이 아니다. 경장인의 말을 사
실로 받아들이지 못하기 때문이다.

경장인의 말을 받아 다른 사람이 알은체를 했다.

“저는 혹시 생존자가 있을까 해서 비류문 안에 들어가 봤는
데 장원 곳곳에 처참하게 죽은 시체들만 잔뜩 널려 있을 뿐, 살
아 있는 사람은 아무도 없었답니다.”

“어떻게 그런……”

유청은 안색이 점점 해쓱해지면서 가볍게 비틀거렸다.

“아버지께서는… 무사하시던가요?”

단 한 명의 생존자도 없다는 말을 두 번이나 듣고서도 그녀
는 그렇게 물을 수밖에 없었다.

그러자 세 번째 사람이 측은한 목소리로 대답했다.

“저는 비류문 안에서 문주님의 시신을 직접 목격했습니다.
그분은 목이 잘려서 돌아가셨습니다.”

“아아……”

그제야 유청의 얼굴에서 핏기가 사라지고 나직한 신음과 함
께 몸이 크게 휘청거렸다.

척!

그때 태무악이 왼팔로 그녀의 허리를 안는가 싶더니 강을 향해 바람처럼 쏘아갔다.

순간 구경꾼 사이 여기저기에서 세 개의 인영이 쏜살같이 태무악을 추격했다.

그들 세 명은 구경꾼과 비슷한 복장을 하고 있었다. 그러나 구경꾼과 두 가지가 달랐다.

무심하기 짝이 없는 눈빛과 표정, 그리고 구경꾼들이 깜짝 놀랄 정도의 뛰어난 경공술을 구사하고 있었다.

그들 세 명은 바로 회명자였다. 구경꾼 사이에 섞여서 수상한 자가 있는지 살피고 있다가 유청을 발견한 것이다.

그들은 단지 유청을 잡을 생각이었는데, 난데없이 태무악이 그녀를 안고 뛰어난 경공을 발휘하여 도주하자 더욱 기세를 올려 추격했다.

그들은 태무악이 회명부가 습격을 당한 일이나 대승방의 전멸에 깊이 관여했을 것이라고 단정했다.

완전히 넋을 잃은 유청의 허리를 안고 달려야 하는 태무악의 속도는 느릴 수밖에 없다.

이런 경우에 유청이 정신을 차리고 함께 달려주면 속도가 절반 이상 빨라질 것이다.

지금 태무악은 시체 한 구를 안고 달리는 것이나 다름이 없는 상태다.

태무악이 강가에 이르렀을 때 세 명의 회명자는 그의 이 장 배후까지 바짝 추격한 상태에서 두 명은 좌우로 쫙 벌어지고 한 명은 태무악의 머리 위로 비스듬히 솟구쳤다. 이제 곧 그들의 합공이 펼쳐질 것이다.

태무악은 추격하고 있는 자들이 회명자라는 것을 한눈에 간파했다. 무간자가 무간자를 식별하지 못한다는 것은 말이 되지 않는다. 더구나 지금 그들이 전개하고 있는 경공은 비류준이다.

태무악은 한 사람을 데리고 있는 상태에서 싸움을 하는 것에 익숙하다.

삼 년 전에 주령을 데리고 수천 리 길을 도주하면서 끝없이 싸웠던 그다.

"업혀라."

그는 한차례 싸움이 불가피하다고 판단하고 왼팔로 안고 있던 유청을 자신의 등 쪽으로 이끌며 낮게 외쳤다.

그러나 그녀는 아직도 정신을 차리지 못하고 두 발이 허공에 뜬 상태에서 끌려가기만 할 뿐이다.

태무악은 지금 유청을 업는 것은 요령부득이라고 판단했다. 그렇지만 그녀를 옆에 끼고 있는 불리한 상황에서 세 명의 회명자를 맞이하여 싸울 수는 없는 노릇이다. 그럴 경우 원래 실력의 절반밖에 발휘하지 못할 것이다.

태무악의 실력이라면 회명자 예닐곱 명의 합공을 감당할 수 있으나 절반 수준이면 세 명하고도 팽팽한 접전을 이루게 될 것이다.

휙!

순간 그는 유청의 허리를 안고 있는 왼팔에 힘을 주어 앞으로 확 돌리면서 강 쪽으로 힘껏 뿌리쳤다.

그러자 유청의 몸이 태무악에게서 벗어나 강 위를 향해 쏘아낸 화살처럼 빠르게 날아갔다.

차가운 강바람이 얼굴을 세차게 스치는데도 그녀는 정신을 차리지 못했다.

태무악은 유청을 집어 던지자마자 번쩍 허공으로 솟구치면서 흑자검을 뽑았다.

그는 세 명의 회명자가 어느 위치에 있는지 이미 간파한 상태이기 때문에 추호도 망설임없이 허공으로 솟구치면서 빙글 몸을 돌리며 뒤를 향해 흑자검을 떨쳤다.

키잉!

칵!

흑자검에서 뿜어진 먹빛의 검기가 태무악의 머리 위로 솟구쳐 올라 막 공격을 가하려던 회명자의 목을 정확하게 가로로 잘랐다.

창!

그 순간 지상의 양쪽에서 두 명의 회명자가 솟구치면서 발검을 하며 그대로 태무악을 공격해 왔다.

맨몸으로 회명자 두 명을 상대하는 것은 태무악으로서는 손쉬운 일이다.

키잇!

흑자검이 왼쪽에서 솟구치는 회명자의 정수리를 빛의 속도로 그어 내렸다.

팍!

흑자검이 그자의 정수리를 쪼개고 있을 때, 오른쪽의 회명자가 뻗은 검이 태무악의 목을 찔러왔다.

태무악은 상체를 활처럼 뒤로 젖히면서 찔러오는 검을 간단하게 피하며 오른발을 뻗어 회명자의 턱을 걷어차 갔다.

회명자는 찔러가던 검의 방향을 급격하게 꺾어 태무악의 발을 내리그었다. 무릎을 자르겠다는 심산이다.

그러자 회명자의 턱을 차가던 태무악의 오른발이 그 즉시 멈추면서 오히려 자신의 발을 향해 그어 내리는 검을 걷어차 올랐다.

땅!

발끝이 날카로운 검날을 흐르듯이 스치고 오르는가 싶을 때 검신 옆면을 짧게 끊어서 찼다.

푹!

정확하게 절반이 잘라진 검의 검첨 쪽 절반이 팽그르르 회전하면서 회명자의 목에 깊숙이 쑤셔 박혔다.

태무악이 방금 전개한 수법은 마종신권의 신기였다.

대승방을 구경하던 사람들이 언덕 가장자리로 우르르 몰려왔을 때에는 태무악은 밧줄을 타고 나는 듯이 강을 건너가고 있었고, 강가 백사장에는 세 명의 회명자가 시체가 되어 널브러져 있었다.

유청은 차가운 강물에 빠지는 순간 화들짝 정신을 차렸다.

하지만 그녀를 기다리고 있는 것은 진짜 충격과 슬픔이었다. 그것은 멍한 상태의 그것보다 백배 이상 가혹했다.

태무악은 헤엄을 쳐서 몸이 강물에 잠긴 채 손으로만 밧줄을 잡고 있는 유청을 건져 올려 옆구리에 끼고 바람처럼 강을 건넜다.

태무악은 비류문으로 곧장 가지 않았다. 회명자들이 비류문을 급습해서 몰살시켰을 것이라고 짐작했기 때문이다.

당경림의 모습을 하고 있는 그는 유청을 성 밖 숲 속 은밀한 장소에서 기다리게 한 후 성내로 들어가 그녀가 입을 옷을 한 벌 산 후 반 시진 동안 거리를 돌아다니다가 단유랑을 발견했다.

태무악이 유청을 치료한 이후 태원성으로 올 것이라고 예상한 조철악은 단유랑을 성내에 남겨두었다. 그만이 얼굴이 알려지지 않은 유일한 사람이기 때문이다.

단유랑은 아침부터 계속 성내를 오가면서 극도로 초조한 심정으로 태무악과 유청을 찾아다녔다.

아니, 솔직히 말하자면 유청의 안위가 궁금해서 견딜 수가 없을 지경이었다.

"태 형, 청 매는 어떻게 됐습니까?"

그래서 거리에서 태무악을 만나자마자 다짜고짜 유청의 안부부터 물었다.

"좋지 않다."

"엣? 설마……."

단유랑은 유청이 죽었느냐고 자신의 입으로 묻는 것조차 겁이 났다.

"비류문이 멸문했다는 것이 사실이냐?"

"그렇습니다."

"그녀는 그 소문을 듣고 몹시 충격을 받은 상태다."

태무악이 '좋지 않다'라고 말한 의미가 비류문의 멸문 때문이라고 해석한 단유랑이 조심스럽게 물었다.

"그녀는 살았습니까?"

"그래. 지금 성 밖 숲에 있다."

"아……."

단유랑의 얼굴에 환한 안도의 표정이 가득 떠올랐다.

"형님은 어디에 계시느냐?"

"청원(淸源)에서 기다리시겠다면서 먼저 가셨습니다."

"가자."

청원이라면 태원성 남쪽 칠십여 리에 있는 현이며, 귀촉루가 있는 여량산맥 석루산으로 가는 길목에 위치해 있다.

조철악은 태무악의 다음 목표가 귀촉루라는 사실을 알고 있기 때문에 석루산으로 가는 길목에서 기다리고 있는 것이다.

"청 매!"

숲 속의 무성한 수풀 속에서 잔뜩 웅크리고 앉아 소리없이 흐느껴 울고 있는 유청을 발견한 단유랑은 반갑게 외치며 달려갔다.

그녀는 젖어버린 태무악의 커다란 상의를 걸친 채 무릎 사이에 파묻고 있던 눈물범벅인 얼굴을 들어 단유랑을 힐끗 한 번 쳐다보고는 다시 무릎에 얼굴을 묻고 흐느꼈다.

"청 매, 진정해."

단유랑이 그녀 옆에 앉으며 부드럽게 위로했으나 전혀 도움이 되지 않았다.

툭.

"갈아입어라."

태무악이 유청 앞에 성내에서 사 온 푸른 경장 한 벌을 던져주었다.

그러자 유청은 거짓말처럼 울음을 뚝 그치고 자신의 앞에 놓인 옷을 바라보더니 곧 옷을 들고 일어섰다.

태무악과 단유랑은 자리를 피해주기 위해서 몸을 돌리고 걸음을 옮겼다.

그때 유청이 살며시 태무악의 옷자락을 붙잡았다.

"당신은 가지 말아요."

단유랑은 움찔 놀라 뒤돌아보았다. 그리고 유청이 얼굴을 노을처럼 붉힌 채 고개를 숙인 상태에서 손을 뻗어 태무악의 옷자락을 잡고 있는 것을 발견했다.

단유랑은 마음이 복잡해졌다. 하지만 태무악이 유청을 치료하여 목숨을 살렸기 때문에 그를 의지하는 마음이 크기 때문일 것이라고 생각했다.

단유랑은 오 장쯤 멀리 떨어져서 유청이 있는 곳을 힐끗 돌아보다가 가볍게 안색이 변했다.

태무악이 뒤돌아서 있는 뒷모습이 보였다. 그리고 그의 앞에서 유청이 옷을 갈아입는 듯한 모습이 언뜻 보였다.

태무악과 단유랑, 유청 세 사람은 목적지인 청원을 오 리쯤 남겨둔 관도상에서 예기치 않았던 사람과 마주쳤다.

세 사람이 달려가고 있는 앞쪽에서 쓰러질 듯이 비틀거리면서 오고 있는 사람은 피투성이 모습의 강탁이었다.

"강 형!"

강탁을 제일 먼저 알아본 단유랑이 놀라서 외치며 달려가 그를 부축했다.

"이게 어떻게 된 일이오?"

단예와 함께 귀촉루의 위치를 알아보러 석루산으로 갔던 강탁이 혼자서 피투성이가 되어 돌아온 것을 보고 단유랑은 불길함에 휩싸여 급히 물었다.

단유랑의 부축을 받고 있는 강탁은 다가온 태무악을 보며 참담하게 일그러진 표정으로 말문을 열었다.

"태 형, 귀촉루의 혈귀수들에게 추격을 당하다가… 나만 간신히 탈출했습니다."

그는 온몸이 상처투성이였다.

"예아는 어떻게 됐나? 혈귀수들에게 붙잡혔나?"

단유랑이 다급히 묻자 강탁은 어두운 얼굴로 고개를 가로저었다.

"나도 모르네. 둘이 쫓기다가 나는 깊은 벼랑에 떨어져 정신을 잃었는데… 깨어나서 일대를 샅샅이 찾아봤으나 예 매는 보이지 않았네."

"이런……."

비류문의 멸문에 이어서 단예의 실종이라니, 단유랑은 눈앞이 캄캄해졌다.

"귀촉루는 찾았느냐?"

그때 태무악이 무심한 목소리로 묻자 강탁은 힘없이 고개를 끄덕였다.

"찾았습니다. 그것 때문에 혈귀수들에게 쫓긴 것입니다."

그 말을 듣자마자 태무악은 가던 길로 걸음을 옮겼다.

"가자."

단유랑은 성큼성큼 걸어가는 태무악과 그 옆에서 나란히 따르고 있는 유청을 복잡한 표정으로 쳐다보았다.

그는 태무악이 귀촉루에만 관심이 있을 뿐, 단예의 안위 따윈 개의치 않는다는 사실을 느꼈다.

『대무신』 제6권 끝

共同傳人
공동전인

설경구 新무협 판타지 소설

마교를 재건하라.

힐바옥에 갇히며 마교 장로들의 공동전인이 된 사무진에게 주어진 과제.
역사상 가장 착한 마교의 교주.
하지만 역사상 가장 강한 마교의 교주가 되고 싶다.

고정관념을 버려요.
마교도라고 해서 꼭 나쁜 놈일 필요는 없잖아요.
지금까지와는 다른 마교.
이제 사무진이 만들어가는 새로운 마교가 모습을 드러낸다.

유행이 아닌 자유추구 -
WWW. chungeoram.com

Book Publishing CHUNGEORAM

설봉 新무협 판타지 소설

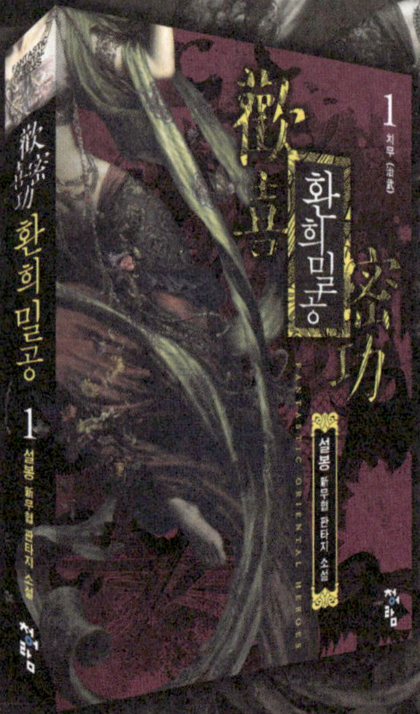

환희밀공

무유칠덕(武有七德), 금폭(禁暴), 집병(戢兵), 보대(保大),
정공(定功), 안민(安民), 화중(和衆), 풍재(豊財), 자야(者也).
〈좌전(左傳), 선공 십이년(宣公 十二年)〉

무에는 일곱 가지 덕이 있다.
첫째, 난폭을 금지한다. 둘째, 무기를 거두어들인다. 셋째, 큰 나라를 보전한다.
넷째, 공적을 정한다. 다섯째, 백성을 편안하게 한다. 여섯째, 대중을 화합하게 한다.
일곱째, 물자를 풍부하게 한다.

섬서성(陝西省) 육반산(六盤山)에 신력(神力)을 바탕으로
패공(覇功)을 구사하는 가문(家門), 육반루가(六盤婁家).
세상에게 외면받고 멸시당하는 환희교(歡喜敎).
육반루가의 후손과 환희교 교주의 운명적인 만남.

"넌 환희교를 지키는 수문장(守門將)이 될 거야.
강하게, 아주 강하게 키워주마."
'아버지처럼 죽지 않을 거야. 아무도 날 죽일 수 없어.
세상에서 최고로 강한 사람이 될 거야.'